小说
洞达人性的智慧

◎邵毅平 著

复旦大學出版社

内容提要

　　《智慧中国文学》"四季"套书一套四种，从"智慧"角度诠释中国古典文学四大文体，具有作者独特的视角、文笔与写法，既富深湛的思致和学理，又有很强的可读性。

　　本书是其中的第二种"夏卷"，主要诠释中国古典小说中所呈现的智慧，从"人性的枷锁"、"存在的荒谬"、"愿望的喜剧"、"心理的黑洞"、"好人的报酬"、"恩仇的世界"、"犯规的乐趣"、"他人的地狱"、"人际的宿命"、"男人的困惑"、"情欲的深度"、"作者与读者"等十二个方面，探讨中国古典小说如何洞达人性，以及在其古老外衣下那无与伦比的现代性。

　　本书初版在大陆曾热销而又绝版，在台湾先后由多家出版社出版，并常销十余年。现由作者精心修订重版，纳入本套书中，是为定本。

目录

初版前言

大冈升平的《武藏野夫人》的主角之一,是一位讲授文学的教书先生,小说家对他作过这样的批评:"这位在课堂上讲授文学的教书先生,作为他所讲授的文学的俘虏,实际上是永远置身于人生之外的。"

文学原本或是人生的反映,或是人生的延伸,或是人生的其他什么(这随各派文学理论的看法不同而异),总而言之与人生具有极为密切的关系,然而这位讲授文学的教书先生,却竟然永远置身于人生之外,这是一个多么奇特的反讽啊!

这位教书先生之所以会置身于人生之外,是因为他成了"他所讲授的文学的俘虏"。我们或多或少都会成为我们的活动对象的俘虏,农夫会成为他所耕作的那块土地的俘虏,哲学家会成为他所信奉的那种理论的俘虏,教书先生则会成为他所讲授的那些课程的俘虏……一旦我们成了我们的活动对象的俘虏,我们就会忘记我们从事这类活动的初始动机,以及从事这类活动与实际人生的关系。

作为讲授文学的教书先生中的一员,我们感到小说家的上述批评,也许更是针对我们这样的人而发的。尤其是因为我们所研究的,乃是产生于遥远的过去的古典小说。这使我们更容易忘记研究它们的初始动机,以及这种研究与实际人生的关系。于是我们便不知不觉地成了古典小说的俘虏,成了永远置身于人生之外的人。

然而古典小说之所以对现代人仍有意义和价值,正是因为它们与现代人的实际人生仍能取得沟通与联系。尽管所有那些古老的场景、陈旧的技巧、常弹的老调、过时的观念等等,对于今天的读者来说已经失去了昔日曾经有过的魅力,但是蕴含在这一切后面的人性的意蕴,却仍在闪耀着熠熠的光彩,吸引着对于人性具有普遍兴趣的现代读者的视线。如果要说古典小说中蕴含着对于现代人仍然有用的智慧,那么也只能把它理解为洞达这种人性意蕴的智慧。

是的,正是古典小说中的这种人性的意蕴,成了沟通古典小说与现代人生的桥梁。因为比起一切外在的东西来,人性的变化要深沉缓慢得多。在一套完全陌生的服饰里面,有着一个我们似曾相识的躯体;而在这似曾相识的躯体里面,则跳动着一颗我们非常熟悉的心灵。这使得古典小说并不至于与现代人生完全隔绝。

正如夏志清所指出的:"批评的问题,仍以一则故事或一部小说对人类的情况是否言之有趣或紧要为先决条件……他们的任务,不仅在使我们对他们的故事感到兴趣,而且在使我们相信这些故事对人性的了解有无重要性。"①
我们研究古典小说的根本目的之一,也便是究明古典小说
中所蕴含的人性意蕴的问题。只有这样的研究,才能促进
古典小说与现代人生之间的沟通,也才能使我们免于成为
我们所研究的古典小说的俘虏。

这是一种新的尝试。在试着这样做之前,我们想先确
立一些基本的原则。首先我们想听从佛斯特的劝告,把所
有的古代小说家"看成是同时在写他们的作品的"②。因为
我们同意他的看法:正因为人性的变化是缓慢的,因而浸
淫于人性之中的小说,当从人性的角度去考察时,也可以
看作是同时存在的。在这里空间的因素要比时间的因素
重要得多。这个方法也许不适用于那些重视时间因素甚
于空间因素的文学史或小说史性质的研究,却适用于我们
此书所欲处理的小说中的人性意蕴之类问题。其实在《诗
歌:智慧的水珠》一书中,我们就已经尝试过这种方法了。
在那本小书中,尽管我们也经常留意各个时代的诗歌的差
别,但总的来说,是把诗人们"看成是同时在写他们的作品
的"。

然而说起"人性",这又是一片多么广无涯涘的沼泽!
几乎没有什么东西,只要与人有关,不可以被看作是人性
的表现的;而人性的一些基本方面,诸如"同情"、"怜悯"、

---

①　夏志清《中国古典小说导论》(何欣译),载刘世德编《中国古代小说研究——
　　台湾香港论文选辑》,上海,上海古籍出版社,1983年版,第15页。
②　佛斯特《小说面面观》(阙名译),广州,花城出版社,1981年版,第10页。

"好逸恶劳"、"势利"、"喜新厌旧"等等,也早已成了众所周知的老生常谈了。因此,为了使我们能在涉入这片沼泽后容易脱身,我们打算为自己划定一个有限的范围:我们将尽量沉入人性的深渊,我们将尽量展示深渊的风景。也许深渊的风景会显得过于沉重,但是我们完全不必为此感到惊慌。因为我们之所以能够对人性洞幽烛微,依赖的其实正是人性本身的光芒。人性的伟大正在于它能洞达自己,深渊的呈露正说明了智慧光芒的明亮。

我们此书虽以古典小说及其蕴含的智慧为讨论对象,但我们有意识地尽量少谈那些广为人知的长篇名著,而多谈那些较少受到人们注意的短篇小说,尤其是那些短篇白话小说。这一偏向完全和"人性"的问题无关,也就是说,完全不是因为比起长篇名著来,我们认为短篇小说在表现人性方面做得更为出色。这仅仅是因为我们的能力和篇幅都很有限,而那些长篇名著的世界又过于繁富,所以我们不得不部分放弃那种试图在像本书这样的小书中全部加以处理的野心;也是因为人们在长篇名著上面所花的精力,要远远超过在短篇小说上所花的;还是因为我们个人对于短篇小说的世界深感着迷。这最后一项可以说是一个纯属私人的爱好。

由于性质使然,本书的分类和编排都是随意的,读者可以从任何地方开始,也可以到任何地方结束。书中的引文,如果是小说原著,那么大都出于流行的版本,不一一注明出处;如果是研究论著,则因为一般读者不一定容易找到,所以还是一一详注出处,既为有兴趣者提供进一步了解的线索,也藉以表示我们对那些我们曾经深受其惠的学者们(无论是我们同意其观点的抑是不同意其观点的)的敬意。

秋去冬来,我们的日子像树叶一样纷纷飘落。作为人生的酸涩的果实,也许这本小书能够成为对于那些逝去的日子的一个小小的纪念罢?

邵毅平

1991 年 12 月 1 日识于复旦大学

2007 年 12 月 13 日改于沪上胡言作坊

第一章 人性的枷锁

所未臻者爱而已

　　人类曾经嘲笑过那不知晦朔的朝菌，不知春秋的蟪蛄，但是他们也不能不嘲笑自己，因为从一个更为宏观的角度来看，短促的人生与那不知春秋的蟪蛄，不知晦朔的朝菌，其实也不过是五十步与百步的关系而已。

　　为了超越短促的人生，人们设想过各种方法。人们幻想着成为这样一种超人，他们长生不老，与天地同在，与日月齐寿，这就是所谓的"仙人"。

　　但是要成为人们想象中的那种仙人，人们就必须放弃人所具有的一切，尤其是人的七情六欲。只有根除了七情六欲，也就是根除了人性，才能成为仙人，才能长生不老。

　　然而，正因为人性乃是人所以为人的根本，所以人只要一日为人，则人性便永不能根除。因此所谓成仙得道，长生不老，便永远只能是幻想，便永远不可能实现。

　　美妙的幻想难以实现，这当然是个悲剧；但正是通过幻想的破灭，人们反而认识到了人性的可贵，这又未尝不可以说是一个喜剧。这或许是一个始料不及的后果：人们从试图摆脱人性始,却以肯定人性终。

以著名的杜子春为主人公的若干小说,如李复言的《杜子春》(《太平广记》卷十六引《续玄怪录》;一说出牛僧孺《玄怪录》)、《杜子春三入长安》(《醒世恒言》第三十七卷)、芥川龙之介的《杜子春》等,便都表明了人要摆脱人性是如何的困难这一主题。

杜子春像是一个东方的浮士德博士,因为一再得到一个道人的资助,所以答应献身于道人的炼丹事业。道人要杜子春替他看守丹炉,只要他一个晚上保持沉默,丹就能够炼成,杜子春就能够成仙。杜子春发现要保持沉默是困难的,恐怖和悲惨的事情接踵而来,不过他都一一经受住了考验。但是到了最后,当杜子春被变成一个女人,她的儿子被一下子摔死的时候,他不觉痛苦失声:"噫!"于是幻觉消失,恶梦醒来,丹炉烧毁,炼丹失败。道人懊丧之余,指出杜子春爱心未泯,并哀叹仙才的难得:

> 吾子之心,喜怒哀惧恶欲皆忘矣,所未臻者爱而已。向使子无"噫"声,吾之药成,子亦上仙矣。嗟乎,仙才之难得也!吾药可重炼,而子之身犹为世界所容矣。勉之哉!(李复言《杜子春》)

> 人有七情,乃是喜怒忧惧爱恶欲,我看你六情都尽,惟有爱情未除……可惜老大世界,要寻个仙才,难得如此!(《杜子春三入长安》)

人是有七情六欲的,像杜子春这样能够忘掉六情的,已属不易,可是他最终仍不能忘掉爱,尤其是亲子之爱,这说明在人的七情六欲之中,爱的力量尤为强大。小说表面上的意义指向是要提醒人们,只要忘掉了爱,人就能够成仙,就能够解脱;但是小说实际上的意义指向却正好表明了相反的事实:人是不可能没有爱心的,因而人是永远无法成仙的,也是永远无法解脱的。

而且,更进一步说,其实连爱之外的六情,人们也是难以放弃的。杜子春的能够忘掉六情,只不过是小说家的虚构,用来说明他的不同寻常。在另外一些道家小说中,我们可以看到有关这一点的证明。《吕洞宾飞剑斩黄龙》(《醒世恒言》第二十一卷)里的吕洞宾,有一天问他师父:"师父计年一千一百岁有零,度得几人?"师父的回答使他颇为失望:"只度得你一人。"师父见他不甚相信,便答应给他三年时间,"但寻的一个来,也是汝之功"。结果三年之中,吕洞宾竟然一个都未度得。《张道陵七试赵升》(《古今小说》第十三卷)里的张道陵,在二百三十六个弟子中,只度得赵升、王长二人,其余二百三十四个弟子,均是"俗心未除,安能遗世",这正说明了七情六欲之难以忘却。所以作者感叹道:"不是世人仙气少,仙人不似世人心。"又说:"世人开口说神仙,眼见何人上九天?不是仙家尽虚妄,从来难得道心坚。"这类宣扬成仙得道的道家小说,都表现了七情六欲的难以根除,从而也像有关杜子春的小说一样,反而证实了人性的难以泯灭。

然而,上述这类故事的实际意义指向所揭示的,还不仅仅是以上这种消极的证明,而且也是如下这种积极的疑问,那就是人是否应该抛弃自己的人性,去追求成为那无人性的仙人?至少在以杜子春为主人公的小说中,可以说,比起成仙的价值来,小说家们更多地肯定了人性的价值。杜子春之"不能"放弃爱,从心理分析的角度看,其实正是因为他"不想"放弃爱(我们应该还记得那句著名的台词"因为不想,所以不能")。这些小说表明,人其实并不想放弃自己的人性,他们为自己的人性感到骄傲,比起成为无人性的仙人来,他们也许宁可做具有"爱情未除"之类"人性的弱点"的凡人。

李元贞很正确地指出:"子春归别道士,只愧其忘誓,未报恩而已,并不对自己因'爱心'未泯成仙失败而恨。仙才的难得,在于连'爱心'亦要泯除——这是人性中最值珍贵的一种。李复言几乎是从反面来肯定这点。一个具有爱心,具有热情的人类,是否适合无情无觉的神仙世界?杜子春的失败无宁是表现出他人性的可爱的一面……李复言在此……更表现了人为了人性最深处的'爱'而放弃了天命。"[1]说起来,人们在成仙得道方面的无能为力,恰恰证明了他们坚持人性的意愿的强烈。

也许正是出于这样一种认识,芥川龙之介的《杜子春》对其结尾作了较大的改动。他把原先小说中从反面来肯定的人性的价值,转而从正面来加以肯定。在他的《杜子春》中,杜子春是因为听到母亲的声音,失口喊出"妈妈",

---

① 李元贞《李复言小说中的点睛技巧》,载柯庆明、林明德主编《中国古典文学研究丛刊——小说之部(二)》,台北,巨流图书公司,1979年版,第131页。

而失去成仙的机会的。但是他却不仅不感到后悔,反而还积极肯定自己的行为:"成为什么样的人都可以,我打算真正像一个人那样,正直地生活下去。"那个道人也从原先小说里仙才的考试者,一变而为人性的检验者,他不仅没有责备杜子春的失信,反而对杜子春说了这么一句惊心动魄的话:"假如那时你缄口无言,我正想立刻结束你的生命!"①传统小说中从反面含蓄地肯定的人性的价值,就这样被芥川龙之介从正面作了明确的阐发;然而虽说从正面作明确阐发的是芥川龙之介,但肯定人性的价值的倾向却是原先就存在的。

"总是七情难断灭,爱河波浪更堪悲!"(《杜子春三入长安》)其悲乎?岂其悲乎!

眼里识得破,肚里忍不过

人之容易受到各种各样的诱惑,并因而丧失自己的独立性和自主性,这是古代的圣贤们一再提醒人们注意,并常常为之感到痛心疾首的事。的确,人不是无情之物,也不是无欲之物,因而人之易受各种诱惑,似乎便也成了人的宿命。

但是要说易受诱惑,则人之外的其他动物恐怕也是如此,初不独以人为然。人之所以为人的特别之处,是一方面人是有理智的动物,能够权衡利害关系,在遇到诱惑的

---

① 　参见王晓平《近代中日文学交流史稿》,长沙,湖南文艺出版社,1987年版,第351~353页。

时候,常能诉诸理智的判断,作出接受抑是拒绝的选择;但同时另一方面,尽管人是有理智的,却仍然还是一种动物,那更为原始的易受诱惑的本能,往往还是为理智所不能制约。于是对于诱惑,便形成了一种"眼里识得破,肚里忍不过"的自相矛盾的态度。"眼里"象征的是理智,"肚里"象征的是欲求,理智已经明白的事,欲求却并不明白。这或许也可以说是人性的枷锁的一种表现形式吧?

李复言的《薛伟》(《续玄怪录》卷二)、《薛录事鱼服证仙》(《醒世恒言》第二十六卷)里的薛伟,便经历了一次这样的身不由己地接受诱惑的场面。且看后者。

薛录事生了一场大病,发了很厉害的高烧。在昏昏沉沉之中,他来到一个湖边。他想要凉快一下,于是便跳入水中,变成了一条鲤鱼,快乐地游来游去,享受着湖水的清凉。然而美中不足的是,他感到肚子越来越饿了。正在此时,他看见治下的渔户赵干摇着渔船而来,在赵干的钓钩上挂着香喷喷的诱饵,于是他的心里发生了一场激烈的斗争:

> 薛少府自龙门点额回来,也有许多没趣,好几日躲在东潭,不曾出去觅食,肚中饥甚。忽然间赵干的渔船摇来,不免随着他船游去看看。只闻得饵香,便思量去吃他的。已是到了口边,想到:"我明明知他饵上有个钩子。若是吞了这饵,可不被他钓了去?我虽是暂时变鱼耍子,难道就没处求食?偏只吃他钓钩上的?"再去船傍周围游了一转,怎当那饵香得酷烈,恰似钻入鼻

孔里的一般，肚中又饥，怎么再忍得住？想到："我是
个人身，好不多重，这些些钓钩怎么便钓得我起？便被
他钓了去，我是县里三衙，他是渔户赵干，岂不认得？
自然送我归县。却不是落得吃了他的？"方才把口就饵
上一合，还不曾吞下肚子，早被赵干一掣，掣将去了。
这便叫做"眼里识得破，肚里忍不过"。

聪明的鱼儿在咬钩前常常徘徊再三，这是因为它们要
判断食物是否安全。如果它们认为有危险，它们就不会
吃；如果它们判定没有危险，它们就会吞钩。而像薛录事
变成的鲤鱼那样，一眼识破诱饵的危险，却又不由自主地
去吞钩的，那才正是人的心理，而不是鱼的心理，是人的愚
蠢，而不是鱼的愚蠢。"人为财死，鸟为食亡。"其间一致的
地方，在于人和动物都会为了"贪吃诱饵"付出生命的代
价；但是其间的不同之处，无疑在于动物不一定事先知道
自己行为的后果，而人却往往是事先知道自己行为的后果
的。这么说起来，人有时候真可谓是"禽兽不如"了。

薛录事变成的鲤鱼的遭遇，还表现出人性的另一种可
笑而又可怜的弱点，那就是当我们走上接受危险的诱惑的
道路时，我们还常常会抱着一种认为唯独自己可能例外的
侥幸心理。我们也像薛录事变成的鲤鱼那样，认为一般的
钩子钓我们不起；我们又像薛录事变成的鲤鱼那样，幻想
着因了我们种种有利的身份，诱惑后面的危险会放过我
们。但最终我们"好不多重"的"人身"，我们"县里三衙"的
地位，都无法使我们得以避免危险，而只落得个被渔夫"一

掣掣将去了",并被送上厨房砧板的下场。

说起来,正因为我们大都具有"眼里识得破,肚里忍不过"的人性弱点,也正因为我们大都抱有唯我例外的侥幸心理,那些胆大妄为之徒才敢于公开地下钩子,放诱饵,而我们也就像那些身不由己地跳向蛇口的青蛙一样,在明明白白的情况下在他们手里栽了跟斗。

有意思的是,小说家也许是怕读者过于老实,或者是过于迟钝,把薛录事变成的鲤鱼的心理,仅仅看作是鱼的心理,以致把他的良苦用心轻轻放过,所以在后面又写了那个渔户"眼里识得破,肚里忍不过"的遭遇,庶几使读者不至于误入歧途。

话说那个渔户赵干为了领取鱼钱,跟着衙门里的公差张弼一直到了县里。不料县官老爷们因等得久了,对张弼的迟到大发其火。张弼却把责任全部推给赵干,使得赵干被打了五十下皮鞭,直打得皮开肉绽,鲜血迸流:

> 你道赵干为何先不走了,偏要跟着张弼到县,自讨打吃?也只恋着这几文的官价,思量领去,却被打了五十皮鞭,偿又不曾领得,岂不与这尾金色鲤鱼为贪着香饵上了他的钩儿一般?

上别人钩的也就是让别人上钩的,看到这儿我们可真笑不出来。

鱼儿是自由的,如果没有那"香得酷烈"的诱饵;但如果没有那"香得酷烈"的诱饵,鱼儿又会感到美中不足。——这是悲剧,抑是喜剧,还是闹剧?

奈何婚眇妪之陋女

人们对于自己的生活,每抱有不安恐惧的心情。因为人生为各种力量所左右,遂不能完全按照个人的意志行事。于是人们发明了"命运"这一观念,来概括所有那些支配自己的力量。人们把各种自己无法控制的事情的发生,看成是命运在冥冥之中运作的结果。

在中国人的思想中,很早便有了命运的观念。即使像王充那样充满理性精神的思想家,也还是不得不以"命定论"来解释人生。在中国古代的小说里,命运也是一个极为重要的主题。宣扬命运观念的小说,可以说比比皆是。

命运之类观念的发明,本身就说明了人们对于个人意志的怀疑与不自信,同时也反映了人们试图逃避选择的自由,以及由此带来的不确定和不安定感的心理倾向。但是与此同时,人们也每每不甘心接受命运的安排,千方百计地与命运抗争。虽说一般认为,在强大的命运面前,个人意志总不免要处处碰壁,但是人们却仍然不愿放弃抗争的努力。这构成了真正的古典意义上的悲剧,表现出人类旺盛的抗争精神。而且,失败越是不可避免,这种抗争精神也就越是显得悲壮。

李复言的《定婚店》(《续玄怪录》卷四)故事,便表现了人们这种与命运抗争的精神,尽管其抗争仍以失败而告终。杜陵士人韦固想要早日成婚,但尽管多方企求,却总是不能如愿。有一天,他遇到一个自称掌"天下之婚牍"的奇怪老人，说他未来的妻子是一个卖菜婆的女儿，今年才三岁，要到十七岁才能与他成婚。韦固见卖菜婆乃是一个瞎子，其所抱三岁女"弊陋亦甚"，所以心里不想要她。但老人说两人的婚姻之命已经注定，韦固没有办法改变。韦固不禁大为恼火，觉得受了命运的愚弄，于是起恶意要杀掉那个女婴，以与这个荒唐的命运抗争。但是他派去行刺的仆人，却未能击中女婴的要害，只是刺中了其两眉之间。此后，虽然韦固屡屡求婚，结果却总是不成。过了十四年，他终于娶到了一个称心如意的妻子，年约十六七岁，容色华丽，只是眉间常贴一花子。韦固想起当年之事，心里若有所悟，百般盘问之下，才知道妻子正是当年那个被刺的女婴，于是他终于服了命运。类似的内容，亦见于五代范资《玉堂闲话》所记《灌园婴女》故事。

这个故事无疑是由巧合构成的，这类巧合在现实生活中很少发生，却也不能说一定没有，因而才被小说家取来，作为肯定命运的力量的实例。不过我们却不可以其过于巧合，而忽略了其中所蕴含的严肃意义。小说家通过这个故事，旨在揭示人们对于命运的一种悲剧性态度：他们想要与命运抗争，但结果却总是枉费心机（韦固刺杀女婴不成，结果终以之为妻，正是这种徒劳的抗争的一个极端表现）；然而，即使总是枉费心机，人们也不会放弃抗争的努力（如果我们能暂时搁置我们对于韦固派人行刺女婴这一恶行的嫌恶感的话）。为了选择的自由，即使犯下罪行，也在所不惜，这里有人的愚蠢，但也有人的尊严。

　　李元贞对于这个故事的主题作过如下阐述："男主角欲改变自己婚姻的命运，反抗命定的阴影，甚至不惜犯下杀人之罪……男主角婚姻自主的意志受到天命的挫败，虽然解释了男女婚姻关系内所包含的某些特殊性和神秘性；然而本篇的主题除了表现这一层意义外，作者还试着展现'人间意志'与'天命'冲突的问题。人力虽然对抗不了天命，人总有寻求个人自主，不肯轻易服命的冲动；天命的结果即使很美满，人也有不肯随便就范的冲动。"[1]我们很赞成这种看法。

　　类似《定婚店》中所表现的这种人与命运抗争的精神，我们也能在有关俄狄浦斯的传说里看到。人们预言俄狄浦斯将弑父娶母，俄狄浦斯不甘心接受这种残酷的命运，于是千方百计加以躲避，尽管最终他还是输给了命运，但是他却是努力与命运抗争过的。韦固的精神与俄狄浦斯没有什么不同，尽管最终的结果有悲剧和喜剧之分。然而，即使是美满的命运，为了维护自己选择的自由，韦固也还是要加以拒绝，这使他的抗争精神含有一种前所未有的新意。

　　与其他动物相比，人类原本已享有多得多的自由。但即使如此，人类也还是受到各种明显与不明显的限制，因此也仍然可以说是相当不自由的。其不自由的具体内容，也许会随着时代和环境的变迁而有所不同，但不自由的绝

---

① 　李元贞《李复言小说中的点睛技巧》，载柯庆明、林明德主编《中国古典文学研究丛刊——小说之部（二）》，第123页。

对程度,则也许长期以来并没有什么本质的变化。因此,《定婚店》之类表现人与命运抗争的精神的故事,透过其已经陈旧的具体内容,仍能以其历久弥新的象征意义打动我们的心灵。因为我们一如古人,也还是命运的玩物,同时也仍然不甘于屈服。这就是为什么像韦固和俄狄浦斯的行为总能给我们以尊严感的原因,也是为什么贝多芬《命运交响曲》开头的旋律总能使我们怦然心动的理由。

堪恨妇人多水性

中国古代的小说里,常见女人"水性杨花"的说法。水是流动不居、随物赋形的,杨花是飘荡无依、从风而落的。在女人"水性杨花"的说法里,隐含有视女人为易变之物的倾向。

本来,人性就是一种至为流动的东西,它并没有什么固定不变的程式,而是每时每刻都在生长变化,一如生命本身那样。从这一事实出发,则可以认为不仅女人是"水性杨花"的,而且男人也是"水性杨花"的。也就是说,不仅女人是易变之物,而且男人也是易变之物。因而可以说,"水性杨花"正是人性的一种特点。

但是众所周知,在女人"水性杨花"的说法里,隐含有一种对于女人的贬意。这是因为人性常常是活泼泼的,但是社会规范却总是相对稳定的,因而活泼泼的人性,便总是会与相对稳定的社会规范发生冲突。而在一个男性中心、歧视女性的社会里,社会规范又总是特别注意压抑女人的活泼泼的人性。这就是女人"水性杨花"说法的由来。

由于对人性与社会规范的关系的看法不同,因而不同的小说家便会在小说中对之作出不同的反应。拙劣的小说家,一味遵循社会规范的要求,而无视人性的真实,所以只能写出僵硬的没有生气的人物;而高明的小说家,则能不拘泥于社会规范的束缚,而注目于人性的真实,因而能写出生动的富有生气的人物。

《蒋兴哥重会珍珠衫》(《古今小说》第一卷)里的三巧儿,便是一个反映了人性的真实,因而具有迷人的魅力的形象。三巧儿原先与丈夫"男欢女爱,比别个夫妻更胜十分",整日价"成双捉对,朝暮取乐,真个行坐不离,梦魂作伴"。听说丈夫要远出经商,"初时也答应道'该去',后来说到许多路程,恩爱夫妻,何忍分离?不觉两泪交流。兴哥也自割舍不得,两下凄惨一场,又丢开了"。后来丈夫终于要远行,三巧儿"指着楼前一棵椿树道:'明年此树发芽,便盼着官人回也!'说罢,泪下如雨"。"两下里怨离惜别,分外恩情,一言难尽。"到了分手那日,"夫妇两个啼啼哭哭,说了一夜的说话,索性不睡了……两下掩泪而别"。分手以后,过年时节,"三巧儿触景伤情,思想丈夫,这一夜好生凄楚"。到了一年将尽时,"三巧儿思想丈夫临行之约,愈加心慌,一日几遍,向外探望"。读者在这里看到的,是一个深深爱着丈夫的痴情女子的形象,她对于丈夫的一片深情,不能不让读者深受感动。

然而,同是这个三巧儿,被陈商设计奸骗以后,又把原先对于丈夫的满腔爱情,转移到了陈商身上,变成了一个同样痴情的情人。半年有余,无夜不会,"真个是你贪我爱,如胶似漆,胜如夫妇一般"。尤其是她与陈商分别的场面,一如当初与丈夫分别的场面,二者形成了极为有趣的对照:"两下恩深义重,各不相舍。妇人到情愿收拾了些细软,跟随汉子逃走,去做长久夫妻。"倒是陈商怕担干系而不愿如此,而是相约明年此时再来接三巧儿逃走。三巧儿则担心:"万一你明年不来,如何?"陈商只得赌咒发誓。陈商临走那日,"这一夜倍加眷恋,两下说一会,哭一会,又狂荡一会,整整的一夜不曾合眼"。三巧儿还把丈夫祖传之物珍珠衫"亲手与汉子穿下",说是"穿了此衫,就如奴家贴体一般",然后"亲自送他出门,再三珍重而别"。读者在这里看到的,是一个深深爱着情人的痴情女子的形象,她对于情人的一片深情,也同样不能不令读者深受感动。

这个迷恋情人的女人,与上述那个眷恋丈夫的女人,简直判若两人,却又就是一人。小说家着迷于三巧儿这种剧烈的变化,所以着意使用相似的笔触,来表现三巧儿与丈夫、与情人的分离场面,而且还用了一首诗,来表达他对这种变化的震惊:"昔年含泪别夫郎,今日悲啼送所欢。堪恨妇人多水性,招来野鸟胜文鸾。"但是,这种对于三巧儿的责难,不过是小说家表面的声音,而他的描写本身,却处处显示出了相反的态度,那就是视三巧儿的行为为合情合理的态度。这种态度使我们产生了这样一种感觉:所谓的"水性杨花",不过是三巧儿的人性的正常表现罢了。如果说这就是"水性杨花",那么"水性杨花"也可以说正是人性的一种特点。

三巧儿与落难丈夫重逢的场面,尤其使人感到意味深长:"你道这番意外相逢,不像个梦景么?他两个也不行礼,也不讲话,紧紧的你我相抱,放声大哭。就是哭爹哭娘,从没见这般哀惨。"这就是那个想跟情人私奔的三巧儿吗?是的,就是同一个人。于是我们又不免猜想,如果她当初有机会与情人重逢,是否也会有这种感人的场面?我们想大概也是会有的。这就是三巧儿,一个典型的"水性杨花"的女人,却是一个符合人性的真实的女人。

小说家在此创造了一个接近"圆形"的人物,她以其"水性杨花"的行为,向我们展示了人性的一个侧面。这种"水性杨花"的行为,也许不符合社会规范,却符合人性的真实。

韩南敏锐地指出:"最使人吃惊的是小说的社会意义。一个商人的妻子被诱奸,又爱上了这个诱奸者,但她对丈夫的爱却依然存在,而且很强烈,足以使他们重新结合。前此的小说没有一篇是写得这样大胆的……通奸在早期小说中是必然要受到谴责的,通奸的妇女都被写成妖精一样。《珍珠衫》却不是这样。所以夏志清曾以敏锐的眼光指出它是一个作家站在个人立场对抗社会的例子。确实,这篇小说涉及了按照社会道德规范的要求生活是艰难的问题。当一个人不能按照社会道德规范的要求生活时,过去小说的作者总是站在社会一边谴责个人,把他归入必须排除并让人从中吸取教训的那一类人。站在个人一边的作品可能抨击特定的社会规范,也可能并不抨击,根本点在于作者对那个与社会规范抵触的人是否抱着同情态度。"[①]

从我们的角度来看,这同时也是一个小说家站在忠于人性的立场上,来表现不为僵硬的社会规范所容许的活泼泼的人性的作品。尽管在表面上,小说家还以"水性杨花"为非,但他实际写出的作品却使我们认识到,"水性杨花"乃是人性的一种特点,而且是一种不算太坏的特点。

潘金莲唱曲

《水浒传》里的潘金莲,出场时只是一个普通的使女:"那清河县里,有一个大户人家,有个使女,小名唤做潘金莲,年方二十余岁,颇有些颜色。"(第二十四回)但是到了《金瓶梅》里,她却被改写成了一个具有弹唱特长的女人:"从九岁卖在王招宣府里,司学弹唱……不过十五,就会描鸾刺绣,品竹弹丝,又会一手琵琶。"(第一回)也就是说,《金瓶梅》里的潘金莲,比《水浒传》里的潘金莲,更多了一手弹唱的本事。这不是无意的改动,因为在后来的故事中,潘金莲经常显示其弹唱才能,在第一回、第六回、第八回、第三十八回中,她都有过弹唱词曲的表现。

---

① 韩南《中国白话小说史》(尹慧珉译),杭州,浙江古籍出版社,1989 年版,第103～104 页。夏志清的观点见其《中国古典小说史论》(胡益民等译,陈正发校),南昌,江西人民出版社,2001 年版,第329～334 页。

但是对于这一重要改动,有些学者却认为是一大败
笔,因为潘金莲弹唱词曲时的优雅形象,与她平时泼辣刁
钻的为人,很难符合一致。如夏志清指出:"潘金莲也唱了
许多这类的诗词,以表示她的沮丧与孤独的心情……但在
小说本文叙述里潘金莲被写成一个狡诈而残酷的人物,一
个有独占性的色情狂者,只要能满足她性饥渴的事,她会
为所欲为。因为作者不能创作新词以适于她的性格与习
性,在她要以诗词表露她的感情之际看来就比她的实际性
格好得多而且更值得我们同情。在小说叙说部分她是个
毫无道德观念的人物,作者时时用自己的话来谴责她的邪
恶。但在用诗词的时际,她仿佛很娴雅,很美,能有女性的
柔顺优美。我们会怀疑,除了像个专门卖唱的妓女背诵这
些诗词外,她是否能够用它们表现自己的感情。如果作者
能够把放肆的邪恶和诗的优美这两种意象调协起来,把潘
金莲写成一个性格更复杂的人,那真是了不起的事!但
是,正如他喜爱讽刺的诙谐一般,他看来是抱定宗旨不写
连贯性一气呵成的写实小说,他牺牲了写实主义的逻辑以
满足介绍词曲的欲望。"①

我们同意他的看法,即《金瓶梅》的作者与其他小说家
一样,大抵有在小说中介绍词曲的欲望;不过要说小说家
因了这种介绍词曲的欲望,而完全牺牲了潘金莲形象的统
一性,这却是一个见仁见智的问题了。

---

① 夏志清《金瓶梅新论》(何欣译),载徐朔方编选校阅《金瓶梅西方论文集》(沈
亨寿等译),上海,上海古籍出版社,1987年版,第148~149页。

　　中国文学中同时存在着优雅的抒情传统与粗俗的写实传统,小说家每每能将这二者看似牵强地杂糅在一起,不仅《金瓶梅》是这样,其他很多小说也是这样。我们觉得,这不仅是一个表现技巧的问题,而且也是一个反映人性的问题。优雅的抒情传统与粗俗的写实传统在中国小说里的并存,正是它们在中国人身上并存的反映。

　　就词曲而言,由于汉语的语言特征,使中国人对于词曲特别敏感,从而使词曲在中国人生活中所起的作用,也大大超过其他地方的。在中国古代,几乎所有的读书人都会做诗,而诗歌也起了远比其他地方更为广泛的作用。所以,无论是在小说里还是在生活中,我们几乎总能发现,当一个人吟唱词曲的时候,有时大抵只是表明他有这种能力,而并不总是同时表示他也具有"诗心"。一个人可以吟唱着非常优雅的词曲,同时又做出非常粗俗的事情来,因为他只是能唱这些优雅的词曲而已,而他的心灵却并没有进入其中。比如当《水浒传》里的白胜唱道:"赤日炎炎似火烧,野田禾稻半枯焦。农夫心内如汤煮,公子王孙把扇摇。"(第十六回)这只是表明他感到天气炎热,而且知道这首诗而已,却并不是真对阶级差别有什么意见,因为他是唱着这首诗去卖蒙汗药酒,为智取生辰纲的好汉们做前锋的,哪里会管禾稻是否枯焦①? 这种现象在中国有一个专

---

① 　参见侯健《有诗为证、白秀英和水浒传》,载宁宗一、鲁德才编《论中国古典小说的艺术——台湾香港论著选辑》,天津,南开大学出版社,1984 年版,第153～154 页。

门的说法："小和尚念经，有口无心。"——小和尚机械地念着早就背会的佛经，却完全没有注意其中所含的意思。

说起来，当潘金莲弹唱那些流行词曲的时候，尽管词曲本身的优雅使她也显得优雅，但这却可以和她实际的粗俗并行不悖。因为她毕竟是从小就学会弹唱这些词曲的，她可能注意到了这些词曲的某些内容契合她当下的处境，但对于这些词曲优雅的风格却完全可以麻木不仁。

不过，问题还不如此简单。即使是那些用来表达优雅感情的词曲弹唱，也是可以和实际生活中的粗俗行为并行不悖的。这里牵涉到了一个人性的幅度的问题，或是一个人格的分裂的问题。曹操是一个冷静的政客，但这并不妨碍他同时成为一个敏感的诗人。他那"宁教我负天下人，休教天下人负我"的冷酷的利己主义，与他那"生民百遗一，念之断人肠"（《蒿里行》）的温厚的人道主义，可以不相抵触地并存于一身。潘岳一生的所作所为，显示他的确不像是一个重视自己人格的文人，但这并不妨碍他在《秋兴赋》、《闲居赋》和《悼亡诗》等作品里展示他那优雅迷人的诗心。托尔斯泰在日常生活中是个时常与周围农妇鬼混的好色之徒，但这也并不妨碍他在小说里写出哀婉动人的高尚爱情。拿破仑在战斗中毫不留情，曾放肆地用大炮驱赶示威的人群，并坦率地把自己的士兵称作是炮灰，但他自己却也承认："我是两个不同的人：有头脑的人和有良心的人。不要以为我没有像别人那样的多情善感的心。我是相当善良的人。但是我从很早的少年时代起，就尽力使这条心弦静止下来,以致现在它不发出一点声响。"(叶·维·塔尔列《拿破仑传》)如果以上这些人物的矛盾表现不是实有记载,我们大概也会怀疑是不是什么地方有所搞错。

我们内在的人格的分裂,或者说我们的人性的幅度,要远远超过我们想象的界限,以至于怎么估计都不会过分。由此我们也就有理由怀疑,潘金莲之以弹唱词曲来表现她彼时彼刻的感情,也许也不仅仅是"有口无心"的行为,而是显示了其人性的幅度或人格的分裂的行为。在弹唱她所熟悉和擅长的词曲的瞬间,也许她的确是沉浸在那抒情的世界里,或至少是沉浸在抒情的幻觉里(顺便说一句,《山坡羊》之类词曲,在它们流行的当时,大概原本也就是潘金莲这样的女人唱的,并不像我们今天所感到的那么"优雅")。

就此而言,通过潘金莲的弹唱行为,小说家也许的确是想要把她身上"放肆的邪恶和诗的优美这两种意象调协起来,把潘金莲写成一个性格更复杂的人",否则他就不必在她出场时就对她的形象大动干戈,以为后面的描写作好铺垫了。只是小说家的努力显然还不够有效,以至于使我们现代读者不能完全感到满足,但这种努力应该说是确实存在的。

当我们所熟悉的粗俗的潘金莲突然唱起优雅的词曲时,我们确实感到她的身上被投上了一道新的光线,我们在对她获得一种新的认识的同时,也对我们自己的人性的幅度有了新的感悟。这便是《金瓶梅》对《水浒传》的改动的意义之所在吧？当然这仍是一个见仁见智的问题。

第二章

存在的荒谬

前程如黑漆，暗中摸不出

"你又怎么知道，你在地球的哪一点上将得到幸福，而在哪一点上会变得不幸？在这个问题上谁能说自己心中有数？"（索尔仁尼琴《癌病房》）

人生活于从过去经现在至未来的时间之流上，人能够知道自己的过去与现在，却无法知道自己的未来。"前程如黑漆，暗中摸不出。"（《古今小说》第十八卷《杨八老越国奇逢》）这引起了人们的焦虑，也诱发了人们的好奇。从焦虑与好奇中，产生了各种各样的预言行为，以及对于预言的信仰。

中国人一向有关于命的信仰，认为人生的一切都由命来决定，任何反抗都是无济于事的。然而尽管命是不可泄漏的天机，但人们还是想要知道它的秘密。对于不可知的未来的焦虑与好奇，并不因为有了命的暗中主宰便减弱分毫。这就是人性，不甘屈服于命、不甘陷于无知的人性。

中国古代的小说家们，对于预言行为有着极为浓厚的兴趣，在他们的小说中，经常可以看见对于预言行为的描写,有时预言甚至还成了整个小说的主题。这其实毫不奇怪,因为小说家们也是人,他们对于未来,也像普通人一样感到焦虑与好奇。而且,小说家们对于预言的态度,也如普通人一样,充满矛盾,他们有时候相信预言,有时候又不相信预言。这也是一种很常见很普通的态度。不过小说家们超越普通人的地方,在于比起预言的效验与否来,他们常常更关心预言与人们生活的相互影响问题。

《三现身包龙图断冤》(《警世通言》第十三卷)是一篇充满奇异恐怖感的小说,在小说中预言起了奇特的作用。奉符县大孙押司偶然请一个卖卜先生算命,卖卜先生算出他"今年今月今日三更三点子时当死",他和周围的人都把这当作是一个恶作剧式的玩笑。但是当天夜里三更三点时分,大孙押司果然跳进河里死了。后来人们才知道事情的真相,原来大孙押司的老婆一直与小孙押司通奸,那天大孙押司回家的时候,小孙押司正好躲在他的家里,听说算命的说大孙押司三更三点当死,于是就趁此机会害死了大孙押司,而自己却装作大孙押司往河边直跑,将一块大石头扔进河里,使人们误以为大孙押司投河而死。

预言在这篇小说里起了一种循环论证式的奇特作用:后来的谋杀,证实了先前的预言;但是如果没有先前的预言,便不会有后来的谋杀。预言一般应置身于其所预言的事件之外,但是在这里预言本身也充当了一个影响事件进程的角色。预言的这种循环论证式的奇特作用,使这篇小说产生了一种令人毛骨悚然的恐怖效果。

在《费人龙避难逢豪恶》(《欢喜冤家》第十六回)里,预言也起了同样的作用。费人龙是因为听从了算命先生的劝告,才决定外出避难的;但结果却在避难途中,遭到了一场大难。预言在这里也起了类似的循环论证式的作用:费人龙后来的大难,证实了算命先生先前的预言;但是如果没有算命先生先前的预言,便也根本不会有费人龙后来的大难。预言本身在这里也充当了一个影响事件进程的角色,而不仅仅是置身于事件之外的东西。

无疑地,小说家们想要强调命的不可抗拒性,不管人们怎样试图躲避,它总要降临到人们的头上。《费人龙避难逢豪恶》中,费人龙他们讨论往什么方向去避难的那一节对话,便给我们以一种无论怎么行动都无济于事的梦魇般的感觉:

> 帮子问:"还到那一方去?"费人龙道:"没主意。"姚彩云道:"往东去罢。"人龙道:"为何要往东?"彩云道:"难道往西方去不成?"人龙点头道:"快往东方。"

于是他们便在东去途中遭到了一场大难。

但是在另一方面,而且也是更为重要的方面,小说家们想要通过这些小说,反映他们对于预言的另一种特性的认识。小说家们认识到,预言的问题,不仅是一个简单的效验与否的问题,而且还是一个它一旦被作出,就必然会与人们的生活产生相互影响的问题。这就是为什么他们不仅让预言最后获得实现,而且还让它成为一个影响事件进程的角色的原因。

对于未来的预言,其实笼罩着我们过去的记忆与现在的愿望的投影,因而可以说是一种从过去与现在伸向未来的探索的触角。在这个意义上,所有的预言都包含有某种正确性,从而也就有某种实现的可能性。预言之所以会受到人们的相信,又之所以能影响人们的日常生活,便正是由于这一原因。但是,也正因为预言仅仅是一种伸向未来的探索的触角,它的方向和范围都是极不确定的,所以预言在人们的生活中能起怎样的作用,就更视人们如何对待它而定了。预言之所以会"信则灵,不信则不灵",便也正是由于这一原因。

我们看到,正是由于预言的这种特性,所以预言与人们生活的相互影响问题,就成了一个极为复杂而有趣的问题。小说家们也往往正是因为这一点,而对预言行为深感着迷的。在如上所述的小说中,小说家们似乎想要提醒人们:预言往往总是有点道理的,因而它总是或多或少地能够影响人们的生活;但是预言的道理具体而言究竟何在,却又要由当事人的实际行为来加以决定,因而人们的生活也总是能够反过来影响预言。在这里,小说家们可以说洞察了预言行为的若干秘密。

《基督山伯爵》里的爱德蒙·唐泰斯对莫雷尔和瓦朗蒂娜说:"请你们永远别忘记,直至天主垂允为人类揭示未来图景的那一天来到之前,人类的全部智慧就包含在这五个字里面:等待和希望!"这一忠告其实正显示了相反的实情,那就是"直至天主垂允为人类揭示未来图景的那一天来到之前",人对于自己对未来的无知状况总是不会甘心的。预言便是这种心理的一种产物,我们又怎么能说它一定就是愚蠢的呢?

我们何尝听见些儿

拉尔夫·埃利森的小说《看不见的人》里的那个黑人主角,总是有一种被他人"看不见"的感觉。无论是在大街上,还是在工厂里,是在不认识的人中,还是在认识的人中,他总是感到,人们尽管在和他说话,或者和他打交道,或者明明看着他,其实却并未"看见"他,也就是并未注意到他的存在。他为此愤怒过,抗议过,也沮丧过,但最终却还是毫无办法。

这种被他人"看不见"的感觉,或多或少也是我们每个人都体验过的,初不限于那些受到歧视的人。在一定的情况下,我们都是被他人"看不见"的人。人们将视线投在我们身上,但是他们并没有看见我们;人们和我们打着交道,但是他们并没有注意到我们;人们和我们谈着话儿,但是他们并没有听见我们。

我们没有办法不被他人"看不见",因为和我们一模一样的人真是太多了,多得数都数不过来。如果一一"看见"我们每个人,那么将没有一双眼睛承受得了,也没有一颗心灵负载得起,所以只能视而不见,只能麻木不仁。

所以,说起来,被他人"看不见",也许是人类存在的一种基本状态,这也就是所谓的"非人化"状态。在这种时候,人们暂时放弃了把他人看作是一个个有血有肉的独立生命的努力,而暂时把他人只看作是抽象的"人"、"人群"、"病号"、"顾客",甚至是统计数字,等等。

这种被他人"看不见"的感觉,在中国古代的小说里也有过很好的表现。李复言的《薛伟》(《续玄怪录》卷二)、《薛录事鱼服证仙》(《醒世恒言》第二十六卷)等,都是表现这一主题的小说。且看后者。

薛录事有一次患了风寒,全身火热,于是他的魂灵变成了一条金色的鲤鱼,在清凉的湖水中快乐地游来游去。然而好景不常,他因为贪吃诱饵,被一个渔夫钓了起来。薛录事变成的鲤鱼连声喊道:"赵干!你是我县里渔户,快送我回县去!"但那渔夫"只是不应"。

后来他被县里的公差要了去,他又连声对公差喊道:"张弼,张弼!你也须认得我。我偶然游到东潭,变鱼耍子,你怎么见我不叩头,到提着我走?"那公差"全然不理"。

后来他被提溜到县城门口,看见一个把门的军士,便又连声喊道:"胡健,胡健!前日出城时节,曾分付你道:'我自私行出去,也不要禀知各位爷,也不要差人迎接。'难道我出城不上一月,你就不记得了?如今正该去禀知各位爷,差人迎接才是,怎么把我不放在眼里,这等无状?"岂知把门军士"也不听见"。

后来他被提溜到县衙门里,见了两个吏在门内下棋,又大叫道:"你两个吏,终日在堂上伏事我的,便是我变了鱼,也该认得,怎么见了我都不站起来,也不去报与各位爷知道?"可是那两个吏依旧在那里下棋,只不听见。

后来他被提溜到县里同僚的宴席上,见了各位同僚,又大声叫道:"我那里是鱼? 就是你的同僚,岂可不认得我了?"他"说了又哭,哭了又说,岂知同僚们都做不听见"。

最后他被提溜到厨房里,厨役要来宰他,他又大叫道:"王士良,你岂不认得我是薛三爷?"岂知厨役"一些不理"。

他被厨役一刀剁下头来,却在病床上大叫惊醒,原来却是"化鱼"一梦。薛录事对人们说起,那条鲤鱼就是自己变的,自己曾一再求救挣扎。可是人们却都异口同声地说,他们只看见鱼嘴的张合,却并没有听见什么声音:

> 少府道:"这鱼便是我做的。我自被钓之后,那一处不高声大叫,要你们送我回衙,怎么都不听我,却是甚主意?"赵干等都叩头道:"小的们实是不听见。若听见时,怎么敢不送回少府?"……三位(同僚)相顾道:"我们何尝听见些儿!"……元来少府叫哭,那曾有甚么声响,但见这鱼口动而已。乃知三位同僚与赵干等,都不听见,盖有以也。

这是一个童话般的故事,也是一个梦魇般的故事。如果作为前者来读,我们也许会觉得有趣;但如果作为后者来读,则我们定会感到可怕了。我们宛如做了一个恶梦,在梦里我们拼命叫喊,可是发不出一点声音,也没有人听见我们,我们只能绝望地挣扎着,眼睁睁地看着自己走上绝路。读这篇小说,会令我们产生类似于读卡夫卡的《变形记》、《审判》和《城堡》之类小说的那种梦魇般的感觉。

在这个意义上，这篇古老的小说可以说颇具现代性，可以与晚近的现代主义小说相媲美。它象征性地表现了我们或多或少都曾经历过的那种被人"看不见"的绝望处境。

与此同时，作为人而言，读了这个故事，对于我们往往一直视而不见的其他生命，我们大概也会获得一种奇异的新鲜感受。我们也许不一定会像故事中的人们那样，"从此立誓再不吃鱼"，但也一定会对其他生命添一分好奇，尤其是对它们的嘴的张合。也就是说，我们会比过去更"看见"人类之外其他生命的存在。佛教所谓"不杀生"的教训，现在看来，或许正是一种让我们"看见"其他生命之存在的教训。

而且，如果我们连其他生命的存在都能"看见"，那么我们也一定更能够"看见"人的生命的存在。这个故事的意义也就在于，它不仅能促使我们注意到自己往往被他人"看不见"的可悲状况，而且也能促使我们注意到我们也往往"看不见"他人的可悲状况。这其实原本是同一事物的两个相关的方面。在这一意义上，佛教所谓"不杀生"的教训，也许不仅是要让我们注意到比人类更为卑微的生命的存在，而且也是要通过这种貌似迂阔的方式，来使我们注意到人类自己的生命的存在。

顺便提一下，这个故事曾被上田秋成改写成《梦应鲤鱼》(《雨月物语》卷二)，其篇幅比原作大为缩短，但是人们听不见人变成的鲤鱼叫喊的情节，却基本上保留了下来。

我爷设这一计大妙

生命属于人只有一次,因此它是最可宝贵的。我们无权剥夺他人的生命,甚至也无权放弃自己的生命。对于人的生命的尊重,可以说是人之所以为人的一个基本前提。

但是人却往往具有这样的倾向:重视自己的生命而轻视他人的生命。他人的生命与自己的生命似乎并不具有同等的价值,因而尊重生命的原则似乎并不具有普遍意义。斗殴、谋杀、战争……人们以各种方式剥夺他人的生命。在所有动物中,没有像人类这样具有强烈的自相残杀的倾向的。这可以说是人性的阴暗侧面之一。

在中国古代的小说里,我们经常可以看到这样的场面:人们只是为了一丁点儿的蝇头微利,一丁点儿的口角相争,便会轻易随便地剥夺他人的生命。而这一切经小说家用写实笔法不露声色地写来,尤其使人感到触目惊心。

《吕大郎还金完骨肉》(《警世通言》第五卷)里的那个金剥皮,仅仅为了和尚们老是揩他家的油(因为他的老婆喜欢布施,而他却有一毛不拔的性格),便下毒手要毒死他们。虽然结果反而弄巧成拙,毒死了自己的两个儿子,但他那种为了些微小事便不惜剥夺他人生命的冷漠,却已让我们感到毛骨悚然。

《沈小官一鸟害七命》(《古今小说》第二十六卷)里的那个箍桶匠,偶尔路过沈小官玩鸟的那个树林,看见一只可爱的画眉鸟儿,一念贪心想要拿走,正巧被晕倒后醒来的沈小官看见,箍桶匠怕露出马脚,便一刀把沈小官杀了,由此引出了一个旷日持久、接连伤害了七条人命的大案。箍桶匠狗急跳墙式的杀人,已经令人感到震惊,而更为令人震惊的,是箍桶匠杀人以后的表现。他对老婆讲了事情的经过,两口儿不仅没有任何不安心理或恐惧之感,反而为将那个画眉鸟卖到一两二钱银子而"欢天喜地"! 他们的人性,可以说已经可怕地泯灭了。

同样是在这篇小说里,有一个穷老头黄老狗,竟然让两个儿子把自己的头割下来,冒充沈小官的头去骗取赏金;而两个愚蠢的儿子,也竟然答应了父亲的这一要求,果真割下了父亲的脑袋去领赏。父子仨围绕这件事的讨论,堪称是一段出色的黑色幽默:

> 一日,黄老狗叫大保、小保到来:"我听得人说,甚么财主沈秀吃人杀了,没寻头处。今出赏钱,说有人寻得头者,本家赏钱一千贯,本府又给赏五百贯。我今叫你两个别无话说,我今左右老了,又无用处,又不看见,又没趁钱。做我着,教你两个发迹快活。你两个今夜将我的头割了,埋在西湖水边。过了数日,待没了认色,却将去本府告赏,共得一千五百贯钱,却强似今日在此受苦。此计大妙,不宜迟,倘被别人先做了,空折了性命。"……当时两个出到外面商议,小保道:"我爷设这一计大妙,便是做主将元帅,也没这计策。好便好了,只是可惜没了一个爷。"大保做人,又狠又呆,道:"看他左右只在早晚要死,不若趁这机会杀了,去山下

据个坑埋了,又无踪迹,那里查考?这个叫做'趁汤推',又唤做'一抹光'。天理人心,又不是我们逼他,他自叫我们如此如此。"小保道:"好倒好,只除等睡熟了,方可动手。"

老头认为自己此计大妙,竟然还怕被别人先做了;两个儿子也竟然认为父亲的设计果真大妙,连主将元帅也想不出。在这些貌似幽默的谈话中,又流露出多少人性泯灭和漠视生命的黑色呵!

正如韩南所指出的:"这种犯罪行为是愚行小说所特有的低层次人性观的表现。作者很明白经济利益确实会驱使无头脑的人去干不道德的事,所以写犯罪和惩罚都据实直书,毫不犹豫。"[1]贫困和无头脑,的确会使一些人漠视生命,不知尊重生命为何物,从而做出那种可怕的杀人害命的勾当。"当肚子在喊叫的时候,良心和名誉的呼声是很微弱的。"(狄德罗《拉摩的侄儿》)微弱的也许不仅是良心和名誉的呼声,恐怕还有对于生命的尊重意识吧!

但是,虽说以上小说中所写的漠视生命的行为大抵出诸下层人物之手,但小说家只不过是要以这些漫画式的画面,来表现人性的一个普遍的阴暗侧面。也许表现形式会有所不同,但是在诸如侵略战争的场合,那些操纵战争机器的上层人物,对于士兵和平民的生命,其麻木不仁的程度,与上述小说中的人物其实也并无二致。拿破仑以爱护

---

① 韩南《中国白话小说史》(尹慧珉译),第 65 页。

士兵著称,他能叫出很多老兵的名字,但是在私下里他却承认,士兵们只不过是些炮灰罢了。

严监生临死之时伸着两个指头

在西方诗歌里,有一种挽歌体裁,专用来表达对于死者的悼念,如密尔顿的《里西达斯》(*Lycidas*)、雪莱的《阿童尼斯》(*Adonais*)、丁尼生的《纪念》(*In Memorian*),都是其中的代表性作品。它们的共同特点,都是滔滔不绝地倾诉哀伤与思念。但是美国当代诗人默温写的一首《挽歌》(*Elegy*),却只有一句话:"我拿给谁看呢?"(Who would I show it to)据说这是英语中最短的诗体文本之一。西利尔·白之指出,诗人用此诗揭示了一种可怕的虚空:"您现已不在人世,谁能理解我的悲伤,我把它写在纸上又有何用?"[①]

依我们看来,在默温的诗与前人的诗之间,不仅存在着篇幅长短的差别,而且还存在着对于死亡的认识的差别。前人的挽诗之所以滔滔不绝,除了诗人想要藉以表达自己的忧伤之外,还是因为其背后存在着这样一种幻觉:死者是能够听到这一切的,至少在诗人的想象中是如此。因而,在诗人的诗与别人的死之间,存在着一种潜在的矛盾:虽然死者其实是听不见的,但挽歌却是唱给死者听的(也有人认为是唱给生者听的)。默温看出了这种矛盾,并

---

① 西利尔·白之《〈破晓时分〉中文本间联系的功能》(薇周译),载《白之比较文学论文集》(薇周等译),长沙,湖南文艺出版社,1987年版,第189页。

用这首仅有一句话的诗,点穿了这一矛盾。

死者当然是听不见的,以为死者能够听见,只不过是诗人的幻觉。但这种幻觉却不仅为诗人,也为我们大多数人所具有。尽管我们知道死亡意味着一切的结束,但是因为死亡的国度是一个"从来不曾有一个旅人回来过的神秘之国"(莎士比亚《哈姆雷特》),所以我们其实并不真正了解死亡的意义。在这样的情况下,我们关于死亡的想象,便只是生命的一种自然延伸,带上了我们的生命的色彩。我们以为死者能够听见,正是因为我们生者能够听见。

《儒林外史》里的严监生,临死前总不肯断气,还把手从被单里拿出来,伸着两根指头,让人们颇费猜疑。最后有人说中了他的心思,他才放心咽气:

> 话说严监生临死之时,伸着两个指头,总不肯断气。几个侄儿和些家人都来讧乱着问,有说为两个人的,有说为两件事的,有说为两处田地的,纷纷不一;只管摇头不是。赵氏分开众人,走上前道:"爷,只有我能知道你的心事。你是为那灯盏里点的是两茎灯草,不放心,恐费了油。我如今挑掉一茎就是了。"说罢,忙走去挑掉一茎。众人看严监生时,点一点头,把手垂下,登时就没了气。(第六回)

这是中国人说起"吝啬"总要提到的故事,就像西方人说起吝啬总要提到莫里哀的《吝啬鬼》一样。在这个故事里,包含着小说家对于严监生的辛辣嘲讽:他已经大限临头了,却还在操心两茎灯草费油之类小事情。严监生这种不合时宜的可笑行为，使原本异常沉重的死亡的悲剧，带上了一种滑稽的喜剧色彩。

然而小说家嘲讽的矛头，其实并不至此为止。围在过于吝啬，因而显得非常愚蠢的严监生的病床周围的，是那些不如他吝啬，因而显得较为聪明的亲戚家人们，他们不了解严监生的为人，因而按照他们自己的想法，把严监生的两根指头，理解为两个人、两件事或两处田地。这的确是比严监生聪明大方一些的普通人的一般想法，所以读者大抵不会感到这里面有什么可笑的地方。但是我们仔细想一下就会明白，当一个人大限临头的时候，两茎灯草费油之类小事固然不值得操心，而两个人、两件事或两处田地之类稍大之事就值得操心了吗？"一了百了"，"人死如灯灭"，"一旦无常万事休"，这些话原本不仅适用于两茎灯草，而且也适用于两个人、两件事和两处田地吧？如果是这样，那么后者这种人们从未嘲讽过的行为，与受到人们嘲讽的严监生的行为之间，到底又有什么本质上的区别呢？在后者的场合，死亡的沉重悲剧，不是同样带上了滑稽的喜剧色彩吗？

从这再往上说，那些"死去元知万事空，但悲不见九州同。王师北定中原日，家祭无忘告乃翁"（陆游《示儿》）之类更为高尚的临终表现又如何呢？难道因为所虑之事较为高尚，便不再是一种在死亡面前徒劳无用的挣扎了吗？

《一文钱小隙造奇冤》（《醒世恒言》第三十四卷）的作者，曾经作过一个饶有意思的推论："依在下看来，舍得一车子钱,就从那舍得一文钱这一念推广上去;舍不得一文钱,就从那舍不得一车子钱这一念算计入来。不要把钱多钱少看作两样。"舍得或不舍得一文钱或一车子钱,在他看来原是一回事。如果把"两茎灯草"之类卑微愿望比作"一文钱",把"但悲不见"之类高尚愿望比作"一车子钱",则其实在卑微愿望与高尚愿望之间,也存在着某种相通的地方。这种相通的地方,也就是我们上面说过的,那种以为死者能够听见的幻觉;或者说是那种带上了生命色彩的对于死亡的想象;用我们日常通行的话来说,也就是所谓的"想不通"。从严监生到其周围的人到陆游,我们其实都是"想不通"的人。

但是一俟我们达到这种认识,喜剧便重又开始变为悲剧。我们可以嘲笑严监生,但我们却很难嘲笑陆游;然而也正因为我们很难嘲笑陆游,我们也就很难嘲笑严监生。严监生的操心之卑微,固然令人感到可笑,但是他的操心本身,却也正反映了人性的一个侧面,其中存在着一种悲剧精神。这种悲剧精神也同样存在于我们每一个人的身上。于是我们原先对于严监生的嘲笑,先是变成了对于我们自己的嘲笑,然后又变成了对于我们自己的怜悯,然后又变成了对于严监生的怜悯。

"三寸气在千般用,一旦无常万事休。"(《醒世恒言》第十七卷《张孝基陈留认舅》)"三寸气在,谁肯输子点便宜;七尺躯亡,都付与一场春梦。"(《醒世恒言》第二十六卷《薛录事鱼服证仙》)尽管我们经常听到这类睿智的启示,但是我们却很难真正理解它们的意义。因为只要我们还一日活着，我们便始终放心不下生活的一切方面。我们为那些平凡的操心而悲哀，为那些高尚的操心而感动，却并未意识到其中都蕴含有某种悲剧精神。而严监生的临终表现，却唯其操心在常人看来过于卑微，从而把这种悲剧精神作了夸张表现，并把它推向了极致，才促使我们分外尖锐地意识到了这种悲剧精神的存在。严监生的两根指头伸在我们面前，宛如禅宗大师莫测高深的动作，向我们揭示着人生与人性的真谛。于是我们脸上的嘲笑，便在不知不觉之中，渐渐地僵固成了一个苦笑。

有时候，我们真觉得吴敬梓也属于那种"能同时观察一件以上的事"的伟大的幽默作家之列。我们感到他笔下的严监生，就像莫里哀戏剧里的那个丑角，当人们被他的可笑行为逗得哄堂大笑时，他却冷冷地对着观众说道："笑什么？笑你自己！"

荣华难以久恃

巴顿将军功成名就，站在古战场遗址，想起了古罗马军队凯旋时的情景：罗马军队浩浩荡荡，罗马民众载歌载舞，而一个捧着金盔的奴隶，则不断地在将军耳边低声细语："荣华难以久恃！"

"荣华难以久恃"的想法，似乎是世界各国文学中普遍存在的主题。在中国古代的小说中，这一主题曾以"梦幻"的形式，被作了淋漓尽致的发挥。比如像在《杨林》、《樱桃青衣》、《枕中记》、《南柯太守传》和《田舍翁时时经理 牧童儿夜夜尊荣》(《二刻拍案惊奇》卷十九)等短篇小说中,"荣华难以久恃"都是基本主题之一。

我们常常做梦,夜里的梦与白日的梦。在梦里我们常常能够得到虚幻的满足,可醒来后却发觉不过是美梦一场。具有超越性眼光的人们,尤其是相信人生不仅限于此生的人们,便自然会由梦与醒的关系发生联想,认为我们的现世生活也许也不过是美梦一场,现世的一切富贵荣华,从一个更为宏观的角度来看,也许也都不过是梦中的幻影。上述这些小说,便都是这种联想的产物。

因此,上述这些小说的末尾,常常会附有小说家劝人出世的忠告;而几乎所有的读者,也都从这些小说里看出了出世的思想。然而,这些小说的意义仅仅限于这些吗?

其实说穿了,在"荣华难以久恃"的想法背后,恰恰蕴含了人们想要让荣华永远存在的愿望,也蕴含了这一愿望无法得到满足时所产生的悲哀。人生处于时间的不息洪流之中,无论什么都转瞬即逝,包括荣华也是这样,这使人们深感悲哀。"荣华难以久恃"的想法,便正是这种悲哀的表现之一。

否则,为什么人们总是汲汲于追求荣华的永恒性呢?"立德"、"立功"、"立言",还有什么通往荣华的永恒性的道路没有被人们践履过呢?又有什么可以获得荣华的永恒性的手段没有被人们使用过呢?否则,人们又何必总是念念不忘"荣华难以久恃"这一想法呢?

　　而且，小说家老是用同一种声音劝人们出世，也使我们怀疑这些小说中隐藏着相反的意义。这也符合我们的日常体验：越是受到宣扬的，往往便越是人们所难以做到的。因此我们猜想，这些小说在其表面所反映的"荣华难以久恃"的出世思想之外，其实还反映了人们那即使是对于难以久恃的荣华也要不惜一切代价追求的真实态度。而我们在日常生活中的所见所闻，也支持了我们的这一猜想。也就是说，与其表面宣扬的出世思想相反，这些故事实际上还揭示了人们不惜一切追求荣华的天性。

　　这种深层的意义，在古代的小说中可以说是隐而未显的，因而人们常常忽略了它的存在，但是若干比较敏感的现代小说家，却能够领会并加以阐发。在芥川龙之介的小说《黄粱梦》中，这种深层的意义受到了明确的揭示。当卢生从梦中醒来时，帮助卢生入梦的吕翁照例问他道："那么，宠辱之道，穷达之运，你大略尝到滋味了。那好极了，所谓生，和你做的梦，没有几多差异。因此，你的人生的执著、热烈，也就该醒悟了吧？得失之理，生死之情，由此看来，原是无聊的。"然而卢生却不愿接受这种传统的出世的劝告，他的回答与过去的回答大不相同：

　　　　就是在梦里，也是想活的。像那个梦苏醒似的，这个梦苏醒的时候也会来吧？在那种时候来到之前，我仍希望像可以称得上真挚地生活那样活着。你不那么想吗?[1]

芥川龙之介的卢生所说的话,乃是对所有这类小说的传统的一个反叛,我们不能不敬佩小说家的现代敏感性。但是,这些话里所包含的不同以往的观念,却又不能不说是原本就存在于过去这类小说的深处的。不过,也正因为出现了芥川龙之介的这篇小说,才使我们更清楚地意识到,过去的小说家们之所以着迷于这类故事,又之所以反复宣扬"荣华难以久恃"的出世思想,在他们的意识深处,原本也是存在着这种对于荣华和人生的肯定与热爱的。

当然,出世思想并不随着这一隐含的深层意义的凸现而消失,毋宁说,二者正好构成了人们面对难以久恃的荣华时的矛盾态度。这些小说的作者们所欲向人们揭示的,大概正是这种人生的进退维谷的困境吧?

此刻,我们想起了马尔克斯的话:"生活是艰难的和稍纵即逝的,然而其他的生活是没有的……我们不害怕这唯一真正的生活。"(《族长的没落》)如果套用他的话,则我们可以说:荣华是难以久恃的,然而其他的荣华是没有的,因而我们只能接受这唯一真正的荣华。

---

[1] 参见王晓平《近代中日文学交流史稿》,第 354 页。

第三章 愿望的喜剧

乃连下二十滴

梅里美说过:"通往地狱的道路是由良好的意愿筑成的。"(《阿尔赛内·吉约》)在日常生活中,我们经常会发现,不仅是人们的恶意会给他人带来损害,而且人们的善意有时也会出人意料地造成灾难性的后果。说起来,灾难的造成,似乎常常不仅与受害者的善恶无关(所谓"善恶无分总丧躯"),而且有时也与施害者的善恶无关。这就使得人类的处境有时显得格外荒诞。

李复言的《李卫公靖》(《续玄怪录》卷四)这篇小说,便对人们的善意有时也会造成灾难性的后果这一点作了象征性的表现。李靖有一天外出打猎,无意中来到龙宫。天命龙子行雨,恰逢龙子不在,于是夫人委托李靖代行,并郑重关照李靖,各处只能滴雨器中水一滴,绝对不能过量。李靖遵嘱而行。可不久他来到一个山村,他打猎时经常在那儿休憩,那儿的村翁一向待他不错,最近那一带正闹干旱,李靖决定报答他们一下,于是自作主张,滴了雨器中水二十滴。可是他的这一番好意,换来的却是灾难性的后果：

> 既而电掣云开，下见所憩村，思曰："吾扰此村多矣，方德其人，计无以报。今久旱，苗稼将悴，而雨在我手，宁复惜之？"顾一滴不足濡，乃连下二十滴。俄顷雨毕，骑马复归。夫人者泣于厅曰："何相误之甚！本约一滴，何私感而二十之？天此一滴，乃地上一尺雨也。此村夜半，平地水深二丈，岂复有人！"……（李靖）独寻路而归，及明，望其村，水已极目，大树或露梢而已，不复有人。

李靖固然为人可爱，因而一有机会就不忘报人之恩，但也鲁莽得可以，结果报恩的良好意愿，反造成了灾难性的后果。那个山村走向地狱的道路，倒也正可以说是由李靖良好的意愿筑成的了。

这个故事促使我们思考，在我们的生活中，是否光有善意就足够了？是否还应该考虑善意可能引起的后果？所谓"人所不欲，勿施于人"的道德教训，是否不仅是针对人们的恶意，而且更是针对人们的善意而发的？因为人本来就有一种天性，想把自己认为良好的意愿强加给别人，一如李靖所做的那样，却不顾这种良好的意愿是否对别人也同样合适，又是否会引起什么不好的后果。也正因为人们自恃意愿是良好的，所以往往更增加了强加于人的自信，这样造成的不良后果，就有可能更为严重。而且，如果引起的后果万一是不好的，人们也常会以意愿的良好作为自我辩解的理由。纵观人类历史，有多少不幸，都是由人们的善意造成的呵！当然，就更不要说那些假借善意的名义行事的情况了。有时候我们真应该承认，我们的很多善意，对于他人都是不必要的，甚至是有害的。比起我们的意愿是否良好来，我们更应该尊重他人自己的意愿。

然而，即使是人们的善意，也会给他人造成灾难性的后果，这又何尝不是对我们的人性的一种嘲讽，从而又一次证明了人生的荒谬呢！

奇特的命运

人类行为的后果常常很难逆料，善意不一定带来好的结果，恶意不一定造成坏的结果。这使人生显得有点荒谬，也使人生增加了其复杂性。

《闹樊楼多情周胜仙》(《醒世恒言》第十四卷)中周胜仙的命运便说明了这一点。在她奇特的一生中，遭到过各种善意与恶意的对待，但是结果却并不像一般认为的那样，善意使她获得幸福，恶意使她遭到不幸，毋宁说情况正好相反。

周胜仙与范二郎相爱，却受到家里的阻挠，她一气而亡。二流子朱真盗取了周胜仙棺材中的财物，并连带奸污了周胜仙的尸体。却不料周胜仙原来只是一时气绝，并不曾真正死去，朱真的奸尸使她"得了阳和之气，一灵儿又醒将转来"。她答应与朱真秘密同居，朱真才将她救了出去。有一天邻居失火，周胜仙乘机逃跑，找到了范二郎，要求他帮助自己。可是范二郎却误认为遇到了鬼魂，恐惧之余将周胜仙重又打死。

在这里我们看到了一些结果与愿望的奇特舛错：周胜仙父母疼爱女儿的善意，却逼得周胜仙气绝身亡；盗墓贼朱真的奸尸恶行，却使得周胜仙得以复活；而一心投奔旧日情人的周胜仙，却又最终死在和她相爱的人手里。这个故事的结局也显示出同样的颠倒：救活了周胜仙的朱真，因为盗墓罪而被判斩首；打死了周胜仙的范二郎，却因为被认为是"打鬼"而无罪开释。

这个故事也许因其过于奇特而受人注意，因此在《百家公案》和《龙图公案》等小说中，我们也能看到内容相似的翻版（当然孰先孰后很难说）。在法国汉学家莫朗编译的英文本《中国爱情故事集》(*Chinese Love Tales*)中，这个故事被取名为《奇特的命运》(*A Strange Destiny*)[①]，这多少反映了西方人对这个故事所带有的奇特性的感觉。

这篇小说的内容是如此荒诞，不禁使我们想起了罗布-格里耶的《橡皮》。无论是在内容的荒诞性抑是在主题的沉重性上，这篇古老的中国小说与那篇法国新小说之间都存在着若干相似之处。

《橡皮》也讲述了一个荒诞的故事。侦探瓦拉斯受内政部长之命，调查政治经济学家杜邦被谋杀一案。他判断刺客为窃取文件，还将再度光顾杜邦的书房，于是当晚就埋伏在杜邦的书房里等待刺客。半夜里果然有人持枪而

---

① Soulié De Morant, George and Valenti Angelo. *Chinese Love Tales*. New York: Three Sirens Press, 1935.

入,瓦拉斯一枪将他击毙。可是走过去一看,死者却是杜邦本人。原来杜邦其实并没有被刺客杀死,内政部长为了保护他的生命安全,向外界隐瞒了这一真相,也包括瓦拉斯在内。杜邦不放心自己家里的文件,于是那天晚上又回去取,结果反而死在前来捉拿刺客的侦探手里。那个刺客知道自己当时并没有杀死杜邦,所谓杜邦被杀死的消息一定是伪造的,于是将这个情况向上司作了坦白,然而却遭到了上司的一顿训斥,并被视为精神错乱。后来他看到了杜邦的尸体,不由得佩服上司真是英明,今后一定要好好服从。

这也是一个阴差阳错的故事,所有的人都在按照自己的意愿行动,可是行动的结果却恰与自己的愿望相反:内政部长想要保护杜邦,结果反而害了他;瓦拉斯前来捉拿刺客,结果却杀了被刺的人;刺客的上司作了错误的判断,结果却为"事实"所肯定;刺客作了正确的判断,结果却为"事实"所否定。

《橡皮》的故事中蕴含着作者这样一种对于人生的看法,即人们的努力往往会获得意料不到的后果,人生因此而处于无可理喻的荒谬之中。类似的看法,我们感到似乎也隐含在《闹樊楼多情周胜仙》之中。一个无辜的女子,完全因了别人无意间的行为,忽而荒诞地活着,忽而又荒诞地死去。这个故事中所显示的人生,宛如不可捉摸的命运之神的玩物。

更进一步说,这个故事似乎也提示了小说家对于人自身的一种可怕的怀疑：我们所谓的愿望与意志，当它们付诸实行的时候，到底会引起怎样的后果？我们所谓的善意的动机，难道就不会意外地引起损害他人的后果？我们所谓的恶意的动机，是否也可能会意外地造成成全别人的后果？如果真是这样，那么我们所谓的愿望与意志，也就成了一种非常靠不住的东西了；而我们对于自己的愿望与意志的自信，也就成了一种很容易崩溃的玩意了。

丹炼不成也罢了

人们常常自以为对自己的行为动机了如指掌，而对那些违背意愿的结果感到垂头丧气。但是在很多情况下，那些所谓的违背意愿的结果，其实也仍然是由我们的愿望促成的，只不过这种愿望不是我们自觉意识到的愿望，而是潜藏于我们心灵深处的隐秘的愿望。因为这类隐秘的愿望也许不那么合于一般的道德准则，因而我们的意识也就不愿意明确地承认它，但它们却在隐隐之中发挥着控制我们的力量。因而，有些看起来不符合我们的行为动机的结果，其实原本却是符合我们的潜在动机的。套句常用的话来说，便是"我们所得到的正是我们所想要的"。

《丹客半黍九还　富翁千金一笑》（《拍案惊奇》卷十八）中那个富翁受骗上当的故事，便饶有意思地说明了这一点。那个富翁因为相信炼丹术，所以一再被人骗去钱财，但他却仍然执迷不悟。有一次有个骗子串通了一个妓女，冒充本事高强的丹客，设了一个美人计来骗富翁。富翁果然又堕其计中,不仅失去了二千多两银子,还蒙受了一场羞辱。这是一个典型的骗局故事,充满了骗子的机智,受骗者的愚蠢,以及二者之间的对比所引起的喜剧性效果。我们饶有兴致地观看着,这场看起来似乎毫无实现可能的骗局,是怎样突然之间取得成功的。我们发现,这个骗局之所以能够实现,与骗子打动了富翁的潜在愿望有关。富翁的表面愿望看起来是"好货",但他的真正愿望其实早就转移到"好色"上面去了。因而可以说,正是他的隐秘愿望帮助骗子实现了骗局。不过,富翁尽管在表面的"好货"愿望方面遭到了失败,却在潜在的"好色"愿望方面获得了成功。

我们看那富翁初次见到丹客之妾时,便惊羡于"那女眷且是生得美貌",早已动了一点风流之念。当那丹客说要回家安顿了妾,方能跟富翁去炼丹时,又是富翁心怀鬼胎地提出,让丹客带着妾一块去他家(如果他不提出这个要求,这场骗局从一开始就难以实现;但骗子明知他不会不提这个要求,才欲擒故纵的)。当丹客带了妾来到富翁家里,富翁得以亲睹丹客之妾的美貌时,他又"好象雪狮子向火,不觉软瘫了半边,炼丹的事又是第二着了",表明其时他的"好货"愿望已退居其次,而"好色"愿望开始占了上风。后来当富翁终于勾搭上了丹客之妾,丹客之妾劝他不要在丹房里行事时,"富翁此时兴已勃发,那里还顾什么丹炉不丹炉"(如果他稍稍克制一下,至少换一个地方,则骗子又将得不到行骗的把柄;不过骗子是明知他不会克制的,所以才故意让其妾这么劝告)。两人事成之后,"富翁以为天下奇遇,只愿得其夫一世不来,丹炼不成也罢了",可见他此时已完全听凭隐秘的"好色"愿望的控制,而把原先的"好货"愿望弃置一边了。当他被骗子乘机敲诈,又失去了丹炉里的银子后,他还自我安慰道:"只这一个绝色佳人,受用了几时,也是风流话柄,赏心乐事,不必追悔了。"这番话里的确含有自我解嘲的成分,但无疑也确实有"求仁得仁"的满足。由此可见,富翁这次的被骗,可以说几乎是自愿上钩,并且主动配合的。他失去的是他表面想要的东西,而得到的却是他真正想要的东西。

所以,上述这篇小说所表现的,不仅仅是人的愚蠢的主题,也不仅仅是人的"着迷"的主题,而且也是人怎样受到隐秘愿望的支配,而得到与表面愿望相反的结果的主题。这种事情不仅发生在小说中的富翁身上,也常常发生在现实生活中的许多人身上。对于我们心中的隐秘愿望,我们常常会持不承认态度。以致当事情终于按照我们的隐秘愿望,发展得不符合我们的表面愿望的时候,我们还免不了大吃一惊,好像这完全不是我们所希望看到的,其实事情却原本就该如此发生。

卢梭说过:"对于我大部分行动的真实的、最早的动机,我并不像我曾长期认为的那么清楚。"他又说过:"任何不由自主的行动,只要我们善于去寻找,都没有不能从我们内心找出原因的。"(《一个孤独的散步者的遐想》)在我们的隐秘愿望和表面愿望之间,充满着如上所述的矛盾情

形。小说家们便看到了这种矛盾情形,并在上述这类小说
中作了精彩的表现。

第四章 心理的黑洞

男孩为什么要保卫母亲的贞操

自从弗洛伊德的性学理论问世以后，人们知道了"恋父情结"和"恋母情结"这样的心理现象。当然早在弗氏的理论出现之前，表现类似心理现象的文学作品便已经存在了，只不过人们一直未从这个角度去观察它们罢了。待弗氏的理论出，而给这些文学作品投上了一道新的光线，使人们对它们获得了一种新的领悟。

比如俄狄浦斯弑父娶母的故事，从古希腊神话以来便一直存在，只不过以前人们一直把它看成是"宿命论"主题的表述，而现在人们才明白其中也有着"恋母情结"的成分。又比如莎士比亚的《哈姆雷特》中的王子，对母亲委身于叔父那么耿耿于怀，除了因为叔父谋杀了他的父亲之外，大概也有一点"恋母情结"在起作用吧？

用了弗氏的理论来看中国古代的小说，便可发现其中也有些可以说是表现了上述这类心理现象的。比如《西山观设箓度亡魂 开封府备棺追活命》（《拍案惊奇》卷十七），便是一篇表现了那么一点"恋母情结"的小说。这篇小说写一个寡妇与一个道士通奸，她的儿子一直拼命阻挠，耽于情欲的母亲恼羞成怒，上衙门告儿子忤逆不孝，想整死儿子后可以随心所欲，结果被府尹看出破绽，反而处死了通奸的道士。

这个故事起源颇早，流传较广，据谭正璧编《三言两拍资料》记载，在唐宋以后的许多史料和笔记，如《新唐书》、《大唐新语》、《朝野佥载》、《国史纂异》、《折狱龟鉴》、《隋唐嘉话》、《绿窗新话》、《智囊补》等中，都记载了这个故事大同小异的文本。这说明在一个相当长的时期内，这个故事吸引了很多人的注意。只不过各家记载都较简略，到了凌濛初的这篇小说，才对刘达生百般阻挠母亲与道士通奸的过程作了极为详细的铺叙，从而在表现所谓"恋母情结"方面也最为明显。

刘达生之所以百般阻挠母亲与道士的通奸，当然是为了保卫母亲的贞操。但他之所以要保卫母亲的贞操，与其说是出于道德意识，毋宁说是出于对母亲的独占性感情更为恰当。直到他十五六岁时，他始终和母亲睡一个房间。后来他之所以被母亲赶出房间，并不是因为他年纪大了起来，而是因为母亲怕他碍事。可以说，他本来是和母亲"相依为命"的，但是道士的出现却使他失去了这一地位。为了夺回自己原先的地位，他便百般阻挠母亲与道士的好事。但是出于对母亲的爱恋，他一直注意不让母亲当面受窘，也注意保护母亲在外面的名声。他的母亲对他的态度其实也是矛盾的，简单地说就是徘徊在情欲与母性之间。

由于在她身上情欲占了上风,因而她的母性就开始渐渐消失,这使她和道士串通一气,企图设计害死儿子。但即使在生命危急的关头,刘达生还是一味保护母亲,不愿讲出母亲的通奸丑事。而当府尹也要处死其母亲时,刘达生又转而为母亲求情,使她能够免受惩罚。在刘达生的这一切行为中,不仅包含着他对母亲的孝,也包含着他对母亲的爱,以及想要恢复原先地位的努力。在刘达生所做的这一切的感动下,母性重又回到了其母亲身上,她遂与儿子和好如初,"也只得收了心过日"。于是刘达生重又"得到"了母亲,重又可以和母亲"相依为命"了。

从现代的观点来看,刘达生的行为不是无可非议的,因为他的母亲本有追求性爱快乐的权利与自由,而且所谓不能和道士结合也只是出于传统观念的社会偏见。但是,这不是我们现在所关心的问题,我们现在所感兴趣的是,这篇小说揭示了男孩对于母亲那种强烈的独占性感情,以及徘徊于母性与情欲之间的母亲那种进退维谷的困境。简言之,它揭示了母子关系的一个重要而隐秘的侧面。我们认为,这才是这篇小说的真正价值之所在。

这不禁使我们想起了茨威格的《燃烧的秘密》,其中也叙述了一个相似的故事。一个女人差点失身于引诱她的男人,但因为受到了儿子的百般阻挠,而终于没能成事。最后她还不得不"感激"儿子,因为他无意中保卫了她的贞操,使她不至于"出乖露丑"。在此事发生时,她正处在情欲与母性容易发生矛盾的年龄关头,小说家分析她的心理道："她正在那种将作决断的年岁，在这个年岁上，女人开始后悔不该忠实于她本来就不曾爱过的丈夫。她的美貌似落日余晖，给她提供一个机会，在母性和女性之间作最后的、刻不容缓的抉择。似乎早已有了答案的生活，在这种时刻又成了问题。意志的磁针最后一次在希望体验性爱生活和最终听天由命之间颤动。随后，女人就作出危险的决断，或者为自己的命运而生活，做一个女人；或者献身于她的孩子们的命运，做一个母亲。"

显而易见，虽说具体情况各各不同，但在须要在情欲与母性之间作出抉择方面，茨威格的小说与凌濛初的小说中的女主人公都面临着相似的困境；而在帮助她们，更准确地说是强迫她们选择母性方面，她们的儿子都作出了异乎寻常的顽强努力。相比之下，茨威格的小说较为侧重表现女人的困境一面，但其中那个男孩的积极活动，却仍能使我们看出在他身上"恋母情结"所起的作用。

茨威格是一个注重探索人类心灵秘密的小说家，他自己说过："我在写作上的主要兴趣，一直是想从心理的角度再现人物的性格和他们的生活遭遇。"这种志趣使他一方面写下了许多著名人物的传记，另一方面也写出了诸如《燃烧的秘密》这样的洞察人类心灵秘密的名篇。从茨威格的情况来推测，我们猜想，虽说那时还没有什么心理学理论，但凌濛初大概也同样对于人类心灵的秘密抱有浓厚的兴趣，因而才促使他选择这一素材，创作了这篇精彩的心理小说。尽管他还只是运用写实的笔调详细地叙述了事件的经过，而没有像现代小说家那样有意识地对人物的心理进行分析和阐述。

一个与成人世界相对立的孩子世界

《马可福音》中说："耶稣为小孩祝福……凡要承受神国的，若不像小孩子，断不能进去。"（第十章）类似的说法，在中国古代也有，比如《孟子》的"大人者，不失其赤子之心者也"（《离娄下》），李贽《童心说》的"童心者，真心也"，等等。在这些不同的说法中，蕴含有一种共同的东西，那就是对于孩子的崇拜，或者说是对于童心的崇拜。我们可以称之为"童年神话"。

安姆逊的"田牧文学"（pastoral）理论认为，西方文学中的那种田园牧歌，既不是由农夫牧人自己写的，也不是写来供他们欣赏的，而只是以他们的生活为题材而已；推而广之，不仅田园牧歌是如此，其他很多内容、作者、读者不一致的文学现象也是如此①。

用了这种理论来看"童年神话"，可以发现其情形亦是如此。主张孩子崇拜的大抵是成人，而且他们的主张也并不为真正的孩子所理解。现实世界中的孩子，并不如"童年神话"所宣扬的那么纯洁无瑕，正如现实世界中的农夫和牧人的生活，也并不像田园牧歌中所表现的那么富于诗意。伊甸园中有蛇，草原上有狼，童心中也有恶。在这一

---

① 参见孙述宇《水浒传的来历、心态与艺术》，台北，时报文化出版事业有限公司，1983年版，第25～26页。

意义上,戈尔丁的《蝇王》真不愧是打破了"童年神话"的杰作,到底反映了人类对于自身认识的进步。

不过,和其他各种神话一样,"童年神话"也只是人们用来表达对于现实的看法的工具。假设存在着一个纯洁无瑕的孩子世界,正是为了批评人们置身于其中的那个现实世界。无论是在《马可福音》中,还是在《孟子》中,或是在《童心说》中,都可以发现类似的对于现实世界的抗议。

《红楼梦》里也存在着一个"童年神话"。现代新派的红学家,认为《红楼梦》里存在着两个对立的世界,一个是大观园外的现实世界,一个是大观园内的理想世界。大观园外的现实世界是肮脏的,是"淫"的世界;大观园内的理想世界是干净的,是"情"的世界。大观园内的理想世界原本孕育自大观园外的现实世界,而最终又为其内在的发展趋势所冲破,仍然无可奈何地回归到大观园外的现实世界中去①。我们很赞同这种看法,并且发现这种两个世界的对立,很容易从"孩子世界"与"成人世界"对立的角度来作新的观察。也就是说,可以把大观园内的世界看成是一个孩子世界,而把大观园外的世界看成是一个成人世界。在小说家看来,大观园内的孩子世界是一个干净的世界,一个"情"的世界,一个理想的世界;而大观园外的成人世界则是一个肮脏的世界,一个"淫"的世界,一个现实的世界。

---

① 余英时《〈红楼梦〉的两个世界》,载胡文彬、周雷编《海外红学论集》,上海,上海古籍出版社,1982年版,第31～55页。

大观园内的孩子世界的崩溃,是由于孩子们无可奈何地长大成人。显而易见,在小说家这种看法的背后,正潜藏着一个"童年神话"。

大观园内的世界是一个孩子世界,不过,这只是一个小说家想象中的孩子世界,是一个以"童年神话"为基础的孩子世界。小说家心目中的"孩子",不仅仅是一个年龄概念,而且也是一个负荷着其理想的神话概念。众所周知,贾宝玉喜欢女儿,不喜欢男人,他认为"女儿是水作的骨肉,男人是泥作的骨肉",因而前者干净而后者肮脏。不过我们常常忽略了,贾宝玉所喜欢的"女儿",其实是"女孩",而不是"女人"。而且他所喜欢的"女孩",也是传统意义上的"女孩",而不是现代意义上的"女孩"。所谓传统意义上的"女孩",也就是"未嫁"的女孩。贾宝玉的女性崇拜,其实是一种"女孩"崇拜;如果加上女孩对他的崇拜,则正好构成了一种孩子崇拜。这种崇拜认为孩子干净,而成人肮脏;孩子有"情",而成人耽"淫";孩子美好,而成人可恶。显而易见,贾宝玉的这种看法,进而言之小说家的这种看法,本身已经充满了神话色彩,只能从象征的角度去理解了,因为从现实的角度来看,没有理由认为孩子比成人更好。

大观园内的孩子世界的崩溃,正是因为孩子们的长大成人。女孩们的出嫁当然是一种标志,另外,对于性的渴望则是另一种标志。绣春囊的出现之所以显得如此严重,正在于它乃是一个孩子世界即将崩溃的信号。夏志清把这件事比作伊甸园中蛇的出现①,因为蛇的出现使亚当和夏娃从天堂坠入人间,而绣春囊的出现则标志着孩子们开始进入成人世界。大观园内的孩子世界的崩溃,与亚当和夏娃的被逐出伊甸园,乃是基于同样的原因,具有相似的意义的。

小说家对于这一崩溃感到悲哀,正说明了他所建造的孩子世界只是一个理想中的孩子世界,而不是一个现实中的孩子世界,也就是是一个以"童年神话"为基础的孩子世界,而不是一个以现实生活为背景的孩子世界。否则,他就没有理由不为孩子们的长大成人感到高兴,而这是一般的孩子与父母都具有的共同心理。

人们都说《红楼梦》继承了《金瓶梅》的写实精神,但是《金瓶梅》里却并不存在大观园式的"童年神话"。由此可见,《红楼梦》对《金瓶梅》的继承,乃是 种同时在同向与逆向两个方向上的继承。小说家在其惨淡经营的"童年神话"中,寄寓了他对现实世界的强烈不满,还有那对理想世界的美好憧憬。

信奉"童年神话"的小说家当然不止曹雪芹一个,那些资质敏感秉性忧郁的小说家们,显然都乐意到其中去寻找精神寄托。此刻我们想起了曼斯菲尔德,在她的小说里,也可以发现"童年神话"的踪迹。

《稚气可掬,但出于天然》里的一对少男少女,在火车

---

① 夏志清《〈红楼梦〉里的爱与怜悯》,载胡文彬、周雷编《海外红学论集》,第130页。

上邂逅相遇,彼此不约而同地都产生了一种知己之感。因为他们都感到自己与陌生的愚蠢可笑的成人世界格格不入,都希望远远地躲开它,认为只有这样才能得到安全与幸福。他们确信他们是世界上"有这种想法的仅有的两个活人",不惜结成两个人的孩子同盟与整个成人世界对决。

《画册的一页》里的年轻画家,对许多温柔多情的女人的好感无动于衷,却爱上了马路对面破旧小房子里的一个"奇瘦的女孩",觉得"她是他唯一真正想认识的人,因为他认为她是世界上所有活着的人中间唯一和他年龄一样大小的人"。"她的从容、严肃和孤独,以至她走路的姿势,似乎都在表明她急于和这个成年人的世界从此断绝一切联系。而这一切在他看来又是那么自然,不可避免。"

显而易见,曼斯菲尔德的小说里也含有一个"童年神话"。她笔下的这些孩子们或是大孩子们与成人世界的对决,正象征了她心目中的理想世界与现实世界的对立,以及她对现实世界的不满和对理想世界的憧憬。

尽管现实生活中的孩子世界绝不会同于《红楼梦》中的孩子世界,也不会同于曼斯菲尔德小说中的孩子世界,也不会同于其他含有"童年神话"的小说中的孩子世界,但小说家们的描写仍然具有重要的意义,因为它们使我们认识到了我们身上人性的美好方面的失落。这些美好的方面正因为假定是在我们的童年时代曾经有过的,所以它们的不复存在就尤其使我们感到深深的震惊。于是从我们对于童年时代的回顾的乡愁中,滋生出了我们面对明天塑造更美好的人性的信心和勇气。

强者之孽

人们都有崇拜强者的倾向。在芸芸众生之中，人们记住的总是强者。强者是文学和艺术的主角，一如他们在历史上和生活中那样。对于强者，人们总是津津乐道。

崇拜强者的倾向符合自然的法则。自然总是给强者提供更多的机会。优胜劣汰的原则使自然不断发展进化。

然而人们往往忽视了这样一条准则：在强者身上人性的优点和弱点将同时放大。人们每每着迷于强者造福群体的能力，却往往忽略了他们造祸群体的能力。更有甚者，人们的强者崇拜倾向常常发展得这般强烈，以致连强者造祸群体的能力也被盲目地崇拜起来。

李朝威的《柳毅传》(《太平广记》卷四百十九引《异闻集》)里的钱塘君，一直以其疾恶如仇的刚肠直性，受到读者与学者的喜爱与肯定。然而，他为侄女向其婆家复仇的行为固然大快人心，但他在这过程中给无辜百姓带来的灾难却也令人发指：

> 君曰："所杀几何？"曰："六十万。""伤稼乎？"曰："八百里。"

这"六十万"恐怕不会全是龙女婆家的人口，"八百里"也恐怕不会全是龙女婆家的庄稼。钱塘君强大的为善能力(这里是指其"正义"的复仇)，便也同时搭上了这强大的造祸能力。他本人固然痛快，倒霉的却是百姓。而且他所

造的祸害还不止这些,他哥哥洞庭君揭发说:

> 昔尧遭洪水九年者,乃此子一怒也。近与天将失
> 意,塞其五山。

他与其他强者作对,遭殃的却是百姓,这就是强者的逻辑。当然我们也可以认为,钱塘君的行为不过是江河泛滥的自然现象的拟人化或人格化,但是我们也同样可以认为,这其实也是强者造祸群体的社会现象的自然化或神格化。我们大概不会忘记当年秦始皇对唐雎所发的威胁:

> 公亦尝闻天子之怒乎?……天子之怒,伏尸百万,
> 流血千里。(《战国策》卷二十五魏四"秦王使人谓安
> 陵君")

这种威胁如果付诸实施的话,不是很接近钱塘君的行为吗?而人们却还在那里肯定钱塘君的行为,大概是他们从没有遭受过水灾之苦吧?

《水浒传》里的不少好汉,也具有钱塘君式疾恶如仇的刚肠直性,可是当他们强者脾气发作的时候,又有多少无辜平民死于非命呵!第六十六回写梁山好汉攻陷大名府,柴进找着吴用下令,"教休杀害良民时,城中将及损伤一半。"这"一半"大约是多少?"民间被杀死者五千余人,中伤者不计其数。"这大概不会全是梁山好汉的仇人的家属吧?而且如果不是柴进找着吴用下令,恐怕其余五千余人亦将死于非命吧?在《水浒传》中,类似的滥杀无辜的场面还有不少,使我们对梁山好汉们的"壮举"不能没有保留。

他们固然都多多少少受过官府的恶气,但是他们又有什么理由这样滥杀无辜呢?然而人们在为梁山好汉们的义举欢呼的同时,往往连带着把这些滥杀无辜的场面也作为英雄豪举一并礼赞了,这是不是盲目的强者崇拜心理在作祟呢?

《西游记》里的孙悟空,当年被老君安于八卦炉内,炼了七七四十九日。老君开炉取丹,孙悟空跳出丹炉,一脚把丹炉蹬翻,落了几块砖出来,内有余火,化为八百里火焰山,给当地百姓造成了极大的灾害。对于孙悟空的这一行为,赵天池下以"强者之孽"的诛心之论:"能耐得丹炉的煅炼,又能跳出丹炉,是一桩难得的大好事,必待大慧根、大勇气、大担当的人物,始克遂行。但就在那跳出丹炉的一瞬间,若还未曾炼到炉火纯清(青),而存一丝意气,或稍显一点豪情,任性蹬出一脚,在不自觉中就留下了可怕的后遗之灾,为群体造祸无穷。这正是强者之孽,往往就存乎这不自觉的一念间,轻易得亦如举手投足,可不戒慎?"[①]孙悟空当然是一个饱受迫害的强者,就像梁山好汉或钱塘君一样,但这并不足以成为其造祸群体的理由。但是人们却只为他能跳出丹炉而欢呼,却忘了他蹬翻丹炉所造成的恶果。

人们往往具有这样的倾向:对于普通凡人的微小过失毫不留情,但对于强者的弥天大祸却可以宽容处之。好像

---

① 赵天池《西游记探微》,台北,巨流图书公司,1983年版,第210页。

强者是另外一种高贵的人种,天生就有随心所欲造祸群体的特权。于是强者们也就利用人们的这种心理,"挥金如土,杀人如麻",以为不这样不足以显示其"英雄本色",不足以获得人们五体投地的尊敬。

对于上述这类"强者之孽",小说家的态度又如何呢?他们是对强者之孽有所保留呢?还是也有盲目的强者崇拜倾向呢?我们想,至少就以上这些小说而言,小说家的态度应该说是前者。他们一方面旨在表现"强者之孽",一方面又对之提出了非议。

如对于钱塘君杀人六十万、伤稼八百里的"强者之孽",洞庭君的反应是:"汝亦太草草……从此已去,勿复如是。"我们认为这里面就流露了小说家的非难态度。又如小说家让孙悟空在由他自己造成的八百里火焰山前大吃苦头,似乎也不无揶揄他"自作自受"的讽刺意味在内。至于小说家对梁山好汉滥杀无辜的态度,则我们同意刘若愚的意见:"至于残忍,虽然主帅宋江一直被写成是警戒他的部下不要滥杀无辜之人,但有些人物的视杀人为戏是不可否认的。无论怎么说,我们不能承认作者(或作者们)完全赞同人物的道德观……小说中的这类人物说明了对人性实实在在的认识,而不说明对强盗活动与杀人越货的赞同。"①

我们猜想,小说家们正是要通过对于"强者之孽"的描

---

① 刘若愚《中国文学艺术精华》(王镇远译),合肥,黄山书社,1989 年版,第 79 ～80 页。

写,既表现人性的这一侧面,同时又使人们意识到强者崇拜倾向的局限吧?

从来廉吏最难为,不似贪官病可医

托尔斯泰的《战争与和平》里的彼埃尔,是一个只有在觉得自己十分纯洁时才有力量的谦谦君子。彼埃尔的感觉大抵也能获得我们大多数人的共鸣,因为我们内心的"良心"的呼声对于我们委实重要。当我们内心踏实的时候,我们就会充满力量;而当我们内心虚弱的时候,我们就会踌躇不前。

然而如果进一步考察,则我们也许会发现,所谓自信纯洁所产生的力量,其实却是一个中性的概念,它既可以带来好的结果,也可以带来不好的结果。说得更明确一些,自信纯洁所产生的力量,不仅常常能使人们更有力地去做好事,而且有时也能使人们更有力地去做坏事。其方向不仅取决于当事人的道德观念,似乎还取决于他们的聪明机智。

我们知道,人们常常把历史上的官吏分成"清官"与"贪官",而且知道,一般的看法认为"清官"要比"贪官"好一些。同时我们也知道,还存在着另外一种看法,即认为"清官"有时比"贪官"更糟糕。持后一种看法的人的理由也是不尽相同的。比如《老残游记》里那个"清官"玉贤,是因为要用酷刑峻法博得能干的美名,用百姓的鲜血染红自己的顶子,所以小说家认为其行径比一般的贪官还要恶劣;而《美男子避祸反生疑》(《无声戏》第二回)里那个"清官",却是因为过于自信纯洁,结果反而造成了一起冤案,所以小说家认为其行为也反而不及"贪官"。这后一篇小说,便可以说是我们以上所说观点的例证。

在这篇小说的开头,作者以一首开场诗和一段开场白,指出了过于自信纯洁的"清官"也许比一般的"贪官"更不受老百姓欢迎的事实,以及之所以产生这种现象的原因:

"从来廉吏最难为,不似贪官病可医。执法法中生弊窦,矢公公里受奸欺。怒棋响处民情抑,铁笔摇时生命危。莫道狱成无可改,好将山案自推移。"这首诗,是劝世上做清官的,也要虚衷舍己,体贴民情。切不可说"我无愧于天,无怍于人,就审错几桩词讼,百姓也怨不得我"这句话。那些有守无才的官府,个个拿来塞责,不知误了多少人的性命。所以怪不得近来的风俗,偏是贪官起身,有人脱靴;清官去后,没人尸祝。只因贪官的毛病,有药可医;清官的过失,无人敢谏的缘故。

"贪官"贪财,是极为明显的毛病,人人都可以批评,他自己也心怀鬼胎,所以有时反而不敢无所顾忌,从而伤害百姓的行为也会受到某种约束;"清官"好名,这不被人看作是毛病,反而受到人们的称赞,他自己也沾沾自喜,自恃清白地任性做去,有时反而对百姓造成了更大的伤害。在这里,自信纯洁所产生的力量,便反而起到了一种不好的作用。

《美男子避祸反生疑》里的成都知府，"做官极其清正，有一钱太守之名。又兼不任耳目，不受嘱托，百姓有状告在他手里，他再不批属县，一概亲提。审明白了，也不申上司，罪轻的打一顿板子，逐出免供；罪重的立刻毙诸杖下。"看起来是一个典型的"清官"了，但正是在他手里，却差一点出了一桩天大的冤案。究其原因，正是因为他对自己的"清正"过于自信，在道德观念方面又过于迂阔——"他生平极重的，是纲常伦理之事；他性子极恼的，是伤风败俗之人。凡有奸情告在他手里，原告没有一个不赢，被告没有一个不输到底。"——又加上思想方法过于主观固执。后来，还是因了一桩偶然的小事，才使他省悟到自己的错误，在为时未晚之时纠正了错案。他的为官作风从此也为之一变："起先做官，百姓不怕他不清，只怕他太执；后来一味虚衷，凡事以前车为戒，百姓家尸户祝，以为召父再生。"小说家的意思，也正是要强调，光有对于清正的自信是不够的，还应加上"虚衷舍己，体贴民情"的态度才行，此外最好还有滕大尹式的聪明机智。

其实，不仅在"清官"身上有这种因过于自信纯洁而更有力地做出错事的现象，即使在我们一般人身上也存在着类似的现象。比起一般的出于恶意而做坏事来，出于自信纯洁而做坏事，也许更深刻地反映了我们的人性的弱点。类似《美男子避祸反生疑》这样的小说，为我们揭出了人性的这一弱点，我们应该感激小说家的聪明机智。

凡事要立起个体统来

正如平等意识原本是人性的一种要求,不平等意识其实也是人性的一种要求。当面对比自己地位更高的人时,人们常常流露出强烈的平等意识;但是当面对比自己地位更低的人时,人们又总是流露出强烈的不平等意识。因此也许可以说,平等意识与不平等意识,原本就是同一种态度的两个侧面,它们之间常常是并不矛盾的。

一般的常识认为,处于较高地位的人们,常常会较富于不平等意识,处于较低地位的人们,常常会较富于平等意识。但这其实只是相对而言的,因为所谓的地位差异,原本就是一个没有两极的无限系列,而且常常带上强烈的主观色彩。而恰恰是在按常识来看处于较低地位的人们的身上,其不平等意识往往与处于较高地位的人们一样强烈。而且,因为他们同时也具有强烈的平等意识,因而二者间的自相矛盾常常形成一种可笑的情景。这对于不平等意识也是人性的一种要求这一点,正好可以提供一个最具说服力的证明。

《儒林外史》里的胡屠户,说起来地位是够低的了,因而当他的女婿成了秀才以后,他的平等意识受到了激发,说出如下一通话来,便也就是很可理解的了:

> 你如今既中了相公,凡事要立起个体统来。比如我这行事里,都是些正经有脸面的人,又是你的长亲,你怎敢在我们跟前妆大?(第三回)

按照传统的等级观念,秀才虽说仅属于知识阶层的最低一级,但总已超拔于屠沽负贩之类普通市民之上了。胡屠户出于平等意识,对于秀才女婿提出了平等要求,这是不难理解的。但遗憾而可笑的是,胡屠户的平等意识,以及对于秀才女婿的平等要求,却只到自己这一阶层为止,而对于他心目中地位更低的农民,他却流露出了强烈的不平等意识,要求秀才女婿不要忘了端起架子:

> 若是家门口这些做田的,扒粪的,不过是平头百姓,你若同他拱手作揖,平起平坐,这就是坏了学校规矩,连我脸上都无光了。(第三回)

在上层阶级眼里,胡屠户这样的屠沽负贩之流,与做田扒粪的平头百姓,也许并没有什么区别,一概应是视而不见或施之白眼的,然而胡屠户却竟然还认为自己高人一等,这就难免使他显得荒唐可笑了。小说家通过这种貌似荒唐可笑的情景,揭示了人性中不平等意识的根深蒂固。

说起来,《金瓶梅》里的宋惠莲之看不起同为仆人的其他女佣,《红楼梦》里的晴雯之看不起同属丫环的其他丫头,《阿Q正传》里的阿Q之看不起同属"贱民"的小D,都如《儒林外史》里的胡屠户一样,显示了连深受不平等意识之苦,因而理应具有平等意识的下层人士,也不愿放弃对更下层人士的不平等意识的可笑而可悲的精神状态。在这些小说中,小说家们似乎都和《儒林外史》的作者一样,想要用不平等意识在下层人士身上的流露,来揭示人性中不平等意识的根深蒂固。

有时候，小说家们不只是在下层人士身上，而且也在遭受挫折、从而令人同情的上层人士身上，表现了理应对于不平等意识深恶痛绝的人士，却出人意料地流露出了强烈的不平等意识的情形。

比如，《红楼梦》里的林黛玉，尽管是贵族小姐，但因为过着"一年三百六十日，风刀霜剑严相逼"的日子，不免引起读者的无限同情，并使人对压抑她的贵族生活环境感到愤慨。然而当她拿乡下老太刘姥姥取笑的时候，我们就不能不对她的行为感到某种程度的厌恶了，尤其是当我们将她的取笑与她所遭受的不幸相对照的时候：

> 黛玉道："人物还容易，你草虫上不能。"李纨道："你又说不通的话了，这个上头那里又用的着草虫？或者翎毛倒要点缀一两样。"黛玉笑道："别的草虫不画罢了，昨儿'母蝗虫'不画上，岂不缺了典！"众人听了，又都笑起来。黛玉一面笑的两手捧着胸口，一面说道："你快画罢，我连题跋都有了，起个名字，就叫作《携蝗大嚼图》！"众人听了，越发哄然大笑，前仰后合。（第四十二回）

这"母蝗虫"的典，原是林黛玉自己发明的，她此前曾说过刘姥姥："他是那一门子的姥姥，直叫他是个'母蝗虫'就是了！"（第四十二回）她不仅把刘姥姥比作"母蝗虫"，还在那聆听音乐的场合，把喜得手舞足蹈的刘姥姥，称作是"当日圣乐一奏，百兽率舞，如今才一牛耳"（第四十一回）。

大观园里的贵族公子小姐，原本就看不起刘姥姥，这是不足为怪的。但是诸如此类的刻薄话儿,却都出诸自己也深感不幸,从而受到读者同情的林黛玉之口,这倒是令人吃惊的。当一个人在以自己的不幸博取人们的同情的时候,他对另一个更为不幸的人的嘲笑是很难使人原谅的。如果林黛玉能够肆无忌惮地取笑一个地位远不如她的乡下老太太,那么比她更有势力的"风刀霜剑"对她的相逼就又有什么可奇怪的呢?

我们猜想,作为小说家的曹雪芹,在此暂时压下了他对于林黛玉的同情,而让写实主义的精神占了上风,在林黛玉那令人同情的形象上,又添上了一份贵族小姐的傲慢劲儿,使得其形象更为复杂真实。

仔细想来,小说家们所描绘的上述种种荒唐可笑的情形,难道不正是揭示了人性中平等意识与不平等意识自相矛盾地共存的普遍事实吗?当我们在胡屠户、宋惠莲、晴雯、阿 Q 乃至林黛玉的行为里,发现这种可笑而可悲的自相矛盾时,我们是否也会对我们自己身上同样的自相矛盾获得一种更深入的了解呢?

正如上述小说所显示的那样,比起上层阶级来,不平等意识也许给下层阶级带来了更多的损害,因为这不仅使他们显得可悲,而且还使他们显得可笑。对下的不平等意识,使得他们失去了对上要求平等的理由,也就等于默认了别人对自己的不平等的合理性。奴才不仅仅是在他们对上自觉地位低下时,而且也是在他们对下自觉地位优越时,才更显得像是奴才的。这正是下层阶级的悲剧。

　　然而,即使是对下的不平等意识,也会使人们付出更多的代价。根据人际关系的"能量守恒定律",我们对他人的每一种力,都会曲折地传回到我们自己身上。凡是我们所遭受的,便是我们对他人所做的。对于地位更低的人们的蔑视,使我们只配受到地位更高的人们的轻视。但愿小说家们已经帮助我们认识到了这一点。

第五章 好人的报酬

君岂有意于今日之事乎

"见义勇为"是一种美德，因为人们总有身陷困境的时候，这时候总希望能够得到他人的帮助。"见义勇为"者以其乐于助人的高尚举动，理所当然地会赢得被帮助者的感激。在人们的各种行为中，"见义勇为"无疑属于最富"无私精神"者之一，因而有权得到人们的种种礼赞。

不过，我们在此却不想重复那些对于"见义勇为"行为的礼赞，也不是要把各种不同时代和背景下的见义勇为行为混为一谈，而是想谈谈在"见义勇为"行为背后可能存在的某种"有私精神"问题。这倒不是想给"见义勇为"行为抹黑，而只是想藉助对于这一行为中所常常包含的另一层面的探讨，而求得对这一行为的更深入的了解，从而也求得对人性的更深入的了解。

在中国古代的小说中，我们能看到不少表现"见义勇为"主题的故事。在这类故事中，往往反映出"见义勇为"者表面的"无私精神"与潜在的"有私精神"的矛盾融合。

李朝威的《柳毅传》便可以说是一篇这样的小说，它讲述了一个非常富于想象力的有趣故事。洞庭龙君的女儿受到丈夫及公婆的恶遇,她化作牧羊女,托路过的青年书生柳毅带信给她父亲。柳毅很好地完成了这个使命,使龙女得以顺利回到娘家。为了感谢柳毅的"见义勇为"行为,龙女自愿嫁给了柳毅,与柳毅一起回到洞庭湖,永远生活在那儿。这是一个典型的"见义勇为"故事,柳毅作为一个乐于助人的好人,一直受到人们的赞扬。不过正是在这个故事中,我们也发现了"见义勇为"行为背后的"有私精神",向我们展示了"见义勇为"行为的复杂的人性意蕴。

在柳毅决定帮助萍水相逢的牧羊女之前,其实他已经注意到了牧羊女的美貌("乃殊色也")。只要是略知性心理学的现代读者就不会不明白,这一点对柳毅作出"见义勇为"的决定不会是没有影响的。比起容貌平平的女子来,容貌美丽的女子似乎更容易得到男人的同情和帮助,这大概也是一般的常识吧?所以,尽管柳毅对牧羊女宣称,自己之所以"见义勇为",是因为"吾义夫也,闻子之说,气血俱动,恨无毛羽,不能奋飞,是何可否之谓乎",然而我们还是"旁观者清"地明白,使其"气血俱动"的,恐怕不仅是牧羊女的不幸遭遇,而且无疑还有她的"殊色"。这后一个潜在原因,在柳毅临走时的随口一语中,已不打自招地泄露了天机:"吾为使者,他日归洞庭,幸勿相避。"也就是说,他希望在做了"见义勇为"的好事后,至少能够得到龙女感情上的回报。这就不能把柳毅的帮助龙女,完全看作是出于"无私精神"的行为了。当他后来如愿以偿,得到龙女为妻后,龙女曾经问起柳毅,当初说此话是何意思:"君附书之日,笑谓妾曰:'他日归洞庭,慎无相避。'诚不知当此之际,君岂有意于今日之事乎?""今日之事"即指二人之缔结良缘,可见连龙女也直觉地感到,柳毅当初之决定帮助她,其动机不免含有"私心"。而柳毅的分辩也显得苍白无力:"仆始见君于长泾之隅,枉抑憔悴,诚有不平之志。然自约其心者,达君之冤,余无及也。以言'慎勿相避'者,偶然耳,岂有意哉!"即使柳毅的分辩是坦白的,那么"偶然耳,岂有意哉"之辞,也只足以证明其"私心"是潜藏着的,连他自己也没有觉察到,而在无意间给露了出来,却不能说他根本没有这一念头。

然而,当龙女顺利回到龙宫,龙女的叔父钱塘君建议将龙女转嫁给柳毅时,柳毅却断然拒绝了这一建议,这又是怎么回事呢?其实柳毅之所以断然拒绝这一建议,并不是因为他根本不喜欢龙女,也不是因为他喜欢龙女的心已经有所改变,而大抵是出于以下两个原因:一是因为钱塘君的建议是用很不礼貌的、有威逼之嫌的态度提出来的,这触犯了柳毅的自尊心;二是因为钱塘君的这一建议其实正好说出了柳毅的隐秘愿望,而柳毅当时却还自欺欺人地认为,自己的"见义勇为"行为完全是出于"无私精神",而并不承认其中隐含有其他动机,所以这个建议使他感到如此的恼怒。因而柳毅的那番分辩,在我们看来,的确有点自欺欺人的味道:"洎钱塘逼迫之际,唯理有不可直,乃激人之怒耳。夫始以义行为之志,宁有杀其婿而纳其妻者

邪？一不可也。某素以操贞为志向，宁有屈于己而伏于心者乎？二不可也。且以率肆胸臆，酬酢纷纶，唯直是图，不遑避害。"这其实并不说明他对龙女已无私心，而只是一时难以承认罢了。所以后来龙女问他："其后季父请于君，君固不许。君乃诚将不可邪？抑忿然邪？"也是明知其是一时"忿然"，而并不是"诚将不可"，才有意这么追问的。而且，柳毅自己也承认，当他第二天辞归，龙女当席致谢时，他心里对自己当初的拒绝也颇感后悔："毅其始虽不诺钱塘之请，然当此席，殊有叹恨之色。""将别之日，见君有依然之容，心甚恨之。"这都足以说明，他当初的断然拒绝，只是激于"义"愤而非出于真心。

由此可见，在柳毅的"见义勇为"行为的背后，并不是没有"有私精神"在起作用的，只是他自己不愿意承认罢了，其实连龙女和钱塘君都看出来了。整个故事，以柳毅的"见义勇为"始，又以他的如愿以偿终，正好反映了"见义勇为"与"有私精神"之间相互作用的全过程。当然，我们这么说，绝不是要指责柳毅"居心不良"或"动机不纯"，而只是旨在如实地说明，在柳毅的"见义勇为"行为的背后，"有私精神"发挥了什么样的作用。

除了龙女的以身相报外，小说中的其他有关描写，也反映了有些"见义勇为"者在幻想中所希望得到的心理上的满足与财富上的报酬。柳毅来到龙宫时，从龙王到下面的人，无不尊敬他奉承他。龙宫中还举行了好几次盛大的宴会，宴会的中心人物当然便是柳毅。这对于他来说，始终是一种巨大的心理上的满足。此外当然还少不了物质方面的好处：

> 洞庭君因出碧玉箱，贮以开水犀；钱塘君复出红珀盘，贮以照夜玑，皆起进毅。毅辞谢而受。然后宫中之人，咸以绡彩珠璧，投于毅侧，重叠焕赫，须臾埋没前后。毅笑语四顾，愧揖不暇……赠遗珍宝，怪不可述。毅于是复循途出江岸，见从者十余人，担囊以随，至其家而辞去。毅因适广陵宝肆，鬻其所得，百未发一，财已盈兆。故淮右富族，咸以为莫如。

这种关于"赠遗珍宝"的令人垂涎的描写，其实正反映了有些"见义勇为"者在幻想中所希望得到的物质上的报酬。以上这些有关"见义勇为"者所希望得到的心理上的满足与物质上的报酬的描写，其实也无不反映了"见义勇为"行为背后可能会有的"有私精神"的存在。

从"见义勇为"者方面来说，他自己当然自觉是"见义"而"勇为"的，而不是"见利"或"见色"而"勇为"的。这给了他一种道德上的优越感，一种做好人的快乐。但是在其内心深处，有些人其实却未必不希望因"勇为"而得到"利"或"色"。只是他往往不愿意承认有这种愿望，更不要说诉之于口了。这就有赖于被帮助者方面的主动奉报了，而且这种奉报还必须小心翼翼，不能触犯其自尊心，不能抹杀其道德优越感。

不过，尽管"见义勇为"行为的背后常常存在"有私精神"，但这其实乃是一种极为正常的心理，无视它的存在便

是无视人性的真实。小说家也许于有意无意间窥破了这一奥秘,所以他才让柳毅为其"见义勇为"行为而得到了令人羡慕的一切。大概也正是因为有了那些令人垂涎的描写,所以这篇小说千百年来才一直受到读者的喜爱。

孝义名高身并荣

一个社会总要协调人际关系,否则便无法正常地运转起来。为了协调人际关系,便不免要建立起一套道德准则。为了鼓励人们都来遵守道德准则,便不免要树立起一些道德榜样。

作为社会的道德榜样,遵守社会的道德准则的事情,他们必须比别人多做一些,而违反社会的道德准则的事情,则他们必须比别人少做一些。因此之故,他们往往被人们认为是不同于一般人的人,甚至被认为是一些不要个人利益的人。而他们自己也认为自己正是这样的人。

但是这种看法却与人性的真实相去甚远,因此我们有理由认为它不过是一种幻觉或错觉。人不可能不追求个人利益(这本身完全没有什么不对的地方),只不过追求的方式可以各不相同。一般人追求个人利益的方式,往往是直截了当的;而某些"道德榜样"追求个人利益的方式,则往往是迂回曲折的。所谓"迂回曲折"的,也就是这类"道德榜样"往往首先暂时放弃个人利益,而获得道德名声,然后凭藉道德名声,从社会那里获取更大的好处。

但是一般人很难做到暂时放弃个人利益这第一步,只有少数具有卓越自控能力和远大目光的人才能做到,所以能够成为道德榜样的只能是少数人。而人们从一般的人情出发,容易把道德榜样的第一步行为,误认为是与一般人不同的不要个人利益的表现,却忽略了他们中某些人通过第二步行为所可能获得的好处,要远甚于他们在第一步行为中所放弃的好处。

小说家们却清楚地知道其中的奥秘。尽管他们往往站在社会的立场上,热烈地赞同道德榜样的行为,但他们还是清楚地知道,道德榜样凭藉其道德名声,可能得到比别人多得多的好处。

在《三孝廉让产立高名》(《醒世恒言》第二卷)中,小说家便明白地表现了这一点。这篇小说讲的是汉代一个实有其人的故事,其中的主人公们在东汉重视道德的环境中,通过成为道德榜样而获取了数不尽的好处。

许武、许晏和许普三兄弟从小失去父母,却相亲相爱地生活着。尤其是老大许武,更是在父母双亡后,负起了养育两个幼弟的责任。三兄弟长大以后,俱各孝友,在乡里出了大名,这一切当然首先是许武的功劳。在一般长兄常对幼弟无情无义的情况下,许武的行为显得异常突出,从而使他获得了"孝弟许武"的美名,成了人们心目中的道德榜样,结果受到了朝廷的征召,做了大官。许武凭藉道德名声所得到的好处,自然要远多于那些对幼弟无情无义的长兄。

不过,许武的本事还不仅在于通过成为道德榜样为自己捞取好处,而且还在于通过让两个弟弟也成为道德榜样,从而也为他们捞取好处。三兄弟都成家以后,许武首先提出要分家。但在分家的时候,他竟然把所有的良田美产都分给自己,而把其余不好的部分分给两个弟弟。但是,两个弟弟却都毫无怨言地接受了长兄的这一不合理安排,而且仍然一如既往地尊敬长兄。大抱不平的乡里邻居们认为许武是假孝廉,而两个弟弟才是真孝廉,于是许晏、许普的名声便大了起来,也成了人们心目中的道德榜样,结果也受到了朝廷的征召,做了大官。直到此时,许武才把当初分家的真实意图公之于众,原来他是为了让两个弟弟获得不争的美名,才故意将良田美产都分给自己,让自己蒙上贪婪的恶名的。现在两个弟弟已经功成名就,他也就没有必要继续做恶人了,于是就把家产拿出来重新分过。这样一来,他的道德名声不仅得到了恢复,而且比以前更大了。

这篇小说令人惊讶的坦率之处,正在于它把有些道德榜样先是通过放弃个人利益获取道德名声,然后凭藉道德名声获取更多好处的做法的全过程,清清楚楚地展现在了读者的面前。这固然是因为小说家过于急切地想要规劝世人放弃兄弟相争,以致不得不尽可能地宣扬这么做所可能得到的好处;同时似乎也是因为小说家固然在道德上赞成道德榜样的做法,但在内心深处对于他们的做法所可能得到的实际好处却看得相当清楚,所以才会不由自主地想要把它表现出来。我们看小说末尾的一首诗,便可明白这

一点,因为在其表面的道德态度后面,隐含着赤裸裸的利害算计:

> 今人兄弟多分产,古人兄弟亦分产。古人分产成弟名,今人分产但嚣争。古人自污为孝义,今人自污争微利。孝义名高身并荣,微利相争家共倾。安得尽居孝弟里,却把阋墙来愧死。

然而小说家这种过于精明的算计,以及对于许武行为动机的过于明确的揭示,结果却使我们那曾受蒙蔽的眼睛一下子看清了事情的真相,反而引起了我们对于道德榜样的某种幻灭之感。但是,这篇小说的价值便也正是在这种地方,它以肯定道德榜样的方式,使我们了解到隐藏在其背后的事情真相,从而使我们加深了对于人性的认识。

中国人的人生哲学中,历来有所谓的"欲取先予"、"吃小亏占大便宜"之类说法。我们现在明白它们的宗旨,实在不是要劝告人们甘于失去或吃亏,而是要教导人们如何利用暂时的放弃,去谋得更大的好处。只是因为一般普通人常常难以实践这类教导,以致使某些能够实践这类教导的人不仅占尽了便宜,得到了比一般人更多的好处,而且还出尽了风头,博得了"好人"的美名。这真是一桩饶有意思的事情。

又不邀己之誉以讨上台的奖赏

世上一般人所汲汲以求的,无非是"利"与"名"而已。但是,"戏法人人会变,各有巧妙不同",追求"利"与"名"的

方法,却是因人而异的。我们上面已经说过,有些人能够通过暂时放弃个人的利益,而获得道德名声,凭藉道德名声,而获得更多的好处。这其实是一种弃"利"求"名",以"名"得"利"的方法。但是,求"利"和"名"的方式,却也不止这一种。有时候像暂时放弃"利"一样,暂时地放弃"名",结果也会得到更大的"名",从而得到更多的"利"。在若干古代小说中,小说家向我们揭示了其中的奥秘。

《三孝廉让产立高名》(《醒世恒言》第二卷)中的许武,便通过先使自己蒙受贪名,以让两个弟弟得到好名声,然后又公布自己的真实目的,以洗刷自己的恶名,而获得了比以前更大的名声。《争嗣议力折群言　冒贪名阴行厚德》(《娱目醒心编》第十三回)中的程氏,也利用了假冒贪名的手法,而使自己在真相大白后获得了更好的名声。在他们的做法中,都包含着一种"后发制人"、"欲取先予"、"以退为进"的策略。也就是说,他们在存心蒙受恶名时,先让别人感到道德的优越性,然后通过公布真相,一下子把别人的道德优越性打垮,在人们尚未反应过来的时候,已经更为稳固地重建了自己的道德优越性,从而得到了更大更好的名声。

在《救穷途名显当官　申冤狱庆流奕世》(《醉醒石》第一回)中的姚一祥手里,这种方法获得了更出色的运用。姚一祥曾经周济过的一个外地秀才,发迹后正巧做了姚一祥的上司。为了报答姚一祥当年的周济之恩,上司让姚一祥为几名真正冤枉的死囚说情,然后由上司将他们释放,并让姚一祥从囚犯家属那儿每人收取一千金的人情。姚一祥乘此机会开脱了七名真正冤枉的死囚,使他们重新获得了自由,然而却并没有向他们的家属收钱。上司则认为姚一祥替七个囚犯洗冤,一定已经得到了七千金的人情,这就足以报答当年对自己的周济之恩了,于是让他带着这七千金回家养老。姚一祥并不说出自己其实一文没收的真相,而是承认了自己确实已得到七千金,按照上司的指示离开了衙门。事后上司才了解到姚一祥其实分文未取,于是大惊失色,因报恩未成,故应众人之请,把姚一祥载入名宦祠中——这种地方本来是姚一祥这样身份的人绝难进去的。

因为七千金不是一笔小数目,所以我们先要弄清一个事实,那就是至少在小说家和小说中人物的心目中,比起七千金来,进入名宦祠是更为重要的。因此,他们大概认为,姚一祥因放弃七千金而得以进入名宦祠,仍应说是一笔划得来的买卖。当然,姚一祥当初这么做,并不一定想到会进入名宦祠,而只不过想通过放弃七千金,以及放弃由此而得到的名声,而获得更大的名声罢了。至于进入名宦祠,则只不过是在获得更大的名声以后,一个既出乎意料之外又在情理之中的结果罢了。姚一祥在这里有意无意所使用的,正是通过放弃眼前的较小的名声,而获得更大的名声的方法。

而今姚君不得银子,竟说得了七千,谁肯如此冒空名,失实利,既能雪人之冤,又不利人之财,又不邀己之誉以讨上台的奖赏？岂不大圣人、大菩萨的心肠？只怕这样人，古今来不多见的。

姚一祥放弃的不仅是金钱，而且是"真心释冤"、"不爱钱财"的名声，但是他所得到的，却是"又不邀己之誉以讨上台的奖赏"的"大圣人、大菩萨的心肠"的大名声。只有这种大名声，才能使他进入名宦祠，而仅仅是"真心释冤"、"不爱钱财"的小名声，则是远远不够的。

姚一祥的行为，因为先要放弃更多的好处，因而可以说是一种更为困难的行为，从而也就更为一般人所难以做到，正如小说家所说的，"只怕这样人，古今来不多见的"。但有时候，越是放弃得多，便越是得到的多，越是难以做到，便越是报酬丰厚，这恐怕也是一般人所想象不到的。一般人只看到其困难与放弃的一面，却没有看到其得到与有利的一面。其实，个人是处于社会互酬关系之中的，哪怕当事人是绝对出于无私，对更大的名利无非分之想，小名仍可"换"大名，小利仍可"换"大利。因此，当人们都想争"利"的时候，能够暂时放弃"利"的人，往往可以得到更多的利益；当人们都想争"名"的时候，能够暂时放弃"名"的人，往往可以得到更大的名声。其中的道理其实都是一样的，对于有意这样做的人来说，都是一种"后发制人"、"欲取先予"、"以退为进"的方法。

我们这么分析姚一祥的行为，并不是要否定他是一个好人，也不是要否定他的行为的良好，而只是想要指出，其中同样存在着一般人所感兴趣的小名利变大名利的机制，只不过其表现方式与常人稍有不同罢了。小说家虽说总是从正面肯定他的行为，但我们想大概他还不至于会幼稚到把姚一祥当成傻瓜。

省城官声好到那步田地

中国过去历来有"清官"的说法，以称呼那些不贪财物的官吏。"官"而需要以"清"作饰，这本身便是传统官吏制度的一种悲剧和讽刺；而更为令人遗憾的是，"清官"在历史上又是那么少见；而最为令人遗憾的是，即使是难得出现的"清官"，也仍要被那些小说家骂得比贪官还坏。这真是一笔纠缠不清的糊涂账！

骂"清官"最出名的，是刘鹗的《老残游记》。其中的那个"清官"玉贤，是古代小说中所塑造的最令人毛骨悚然的官吏形象之一。玉贤原本是个标准的酷吏，"衙门口有十二架站笼，天天不得空，难得有天把空得一个两个的"（第五回）。他上任"未到一年，站笼站死两千多人"（第三回）。其中百分之九十五是良民，只有百分之五是小盗，而真正的大盗则一个也没有。"听说他随便见着什么人，只要不顺他的眼，他就把他用站笼站死；或者说话说的不得法，犯到他手里，也是一个死！"（第五回）总之是一个"真正是死有余辜的人"（第五回）。

但是，就是这么一个标准的酷吏，在当时却"名震一时"（第三回），"省城官声好到那步田地"（第五回），上司都对他十分赏识，保举他做了更大的官。至于为什么官声会好到那步田地,则主要是因为他是一个"不要钱"的"清官",而且办案又"雷厉风行":"玉大人官却是个清官,办案也实在麻力。"(第四回)在当时贪官横行的世界里,他便算是凤毛麟角般的人物了。但"大凡酷吏的政治,外面都是好看的"(第三回),其实他只是一个披着"清官"外衣的酷吏罢了。

然而,恰恰是在"清官"的外衣下面,有着玉贤这样的酷吏发迹的秘密。一般的贪官,只晓得要钱,所以官声不好,也不容易升迁(靠了钱财贿赂或关节疏通是另一回事);但是像玉贤这样的"清官",却因为不要钱财,没有一般贪官容易有的弱点,因而能够获得好的官声,从而使他们不仅能为所欲为,而且还能得到上司的赏识,作为"清官"受到提拔。而其实他们与一般贪官的区别,也仅仅在于一个要钱,一个要名而已,骨子里并没有什么不同,只是方法巧拙则大相径庭。尽管我们不愿意将玉贤这样的"清官"与许武这样的好人相提并论,但是我们总觉得在他们的行为中存在着某种相似的地方,那就是凭藉所谓"道德名声"获取更多的好处。

同样,为了获取道德名声(好的官声),"清官"往往也是会耍手腕的。玉贤"雷厉风行"的办案作风,便是获得道德名声的一条终南捷径。比如有一次,当下属提醒他有可能冤枉无辜时,在他那令人发指的回答中,便流露出了那种为了维护好的官声而不择手段的残忍:"这人无论冤枉不冤枉,若放下他,一定不能甘心,将来连我前程都保不住。俗语说的好，'斩草要除根'，就是这个道理。"（第五回）所以，老残看穿了他的这种心理，以一首诗作了诛心之论："得失沦肌髓，因之急事功。冤埋城阙暗，血染顶珠红！"（第六回）像玉贤这样的"清官"的顶珠，原本也是以无辜者的鲜血染红的呵！

《老残游记》的作者，的确揭发了封建社会一项可怕的秘密，那就是有些善于利用道德名声的"清官"，往往比一般的贪官更坏，却往往比一般的贪官更具有欺骗性。世人不察，从一般的常识着眼，以为凡官不"贪"则必"清"，凡"清"则必"好"，结果却上了玉贤这样的"清官"的当，甚至受到了他们的残害，还"一口同声说好，不过都带有惨淡颜色"（第六回）。

一般善于利用道德名声的好人，虽说也是为了追求个人利益，但是他们客观上却往往对他人有利，至少不一定有害；但是有些善于利用道德名声的"清官"，至少是像玉贤这样的披着"清官"外衣的酷吏，却在无情追逐个人利益的同时，又对他人造成了危害。可尽管他们处在不同的两极，却又是在同一个行列上的。因而他们之间的相似与区别，就成了一件颇足以发人深省的事情了。

恩仇的世界

我的文名也够了

匡超人初次见到马二先生时，还是一个摆拆字摊的无名小卒，当时他手里正拿着的一部八股文选本，便是马二先生编的。所以当他知道对方便是马二先生时，便"慌忙作揖，磕下头去，说道：'晚生真乃有眼不识泰山！'"马二先生出了个八股题目让他试做，指出他的文章"才气是有，只是理法欠些"，又"将文章按在桌上，拿笔点着，从头至尾，讲了许多虚实反正，吞吐含蓄之法与他"，匡超人当然是虚心接受。匡超人要回故乡，马二先生又送他十两银子盘缠，一件旧棉袄，一双鞋，几部文章，并勉励了他一番。匡超人感激涕零，洒泪而别（第十五回）。

然而过了若干年后，匡超人也开始走上了马二先生的道路，而且走得更为成功一些，于是他的口气自然也就今非昔比，显示出了一种成功者的自信："我的文名也够了。自从那年到杭州，至今五六年，考卷、墨卷、房书、行书、名家的稿子，还有《四书讲书》、《五经讲书》、《古文选本》——家里有个帐，共是九十五本。弟选的文章，每一回出，书店定要卖掉一万部,山东、山西、河南、陕西、北直的客人,都争着买,只愁买不到手。还有个拙稿是前年刻的,而今已经翻刻过三副板。不瞒二位先生说,此五省读书的人,家家隆重的是小弟,故在书案上,香火蜡烛,供着'先儒匡子之神位'。"当有人问这个连"先儒"是死人是活人都弄不清楚的大名人:"操选政的还有一位马纯上,选手何如?"匡超人又对这位当年的恩人放了一枝冷箭:

> 这也是弟的好友。这马纯兄理法有余,才气不足,所以他的选本也不甚行。选本总以行为主,若是不行,书店就要赔本。惟有小弟的选本,外国都有的。(第二十回)

马二先生从他的长辈变成了他的"好友";马二先生当初对他文章的评论"才气是有,只是理法欠些",被他换了个方向,又扔回到马二先生身上;马二先生一生没有别的本事,但批文章总还算是认真,而匡超人的风格也与他不同,据书店老板说来:"向日马二先生在家兄文海楼,三百篇文章要批两个月,催着还要发怒,不想先生批的恁快!我拿给人看,说又快又细。这是极好的了。"(第十八回)所以匡超人这里就有"行""不行"的说法。总而言之,在匡超人的话里,处处含着和马二先生对着干的意思。

匡超人对马二先生前恭后倨,前后判若两人,这种"忘恩负义"行为,实在让人不敢恭维。不过我们现在的兴趣,却不是想痛骂他几句,而是在于探究一下他的变化的心理原因。

　　像匡超人与马二先生当初这样的关系,在生活中可以说是司空见惯的。这是一种施恩与受恩的关系,具有一种共生性质。从物质上来看,施恩者付出好处,受恩者接受好处,这是对受恩者有利的;但是从心理上来看,却是施恩者处于优越地位,受恩者处于劣势地位,这是对施恩者有利的。当马二先生给予匡超人以种种帮助时,尽管他付出了不少的财物与精力,但是他所得到的却是一种精神上与心理上的快乐。他成了一个在后辈面前自信十足的精神导师,又成了一个对于穷人乐善好施的慈善家,这对在这些方面一向都成绩不佳的马二先生来说,足以构成一种自我陶醉和自我优胜的理由。而匡超人则相反,他因为没有出道,所以只得接受马二先生的指导,又因为阮囊羞涩,所以只得接受马二先生的馈赠。在物质上和学业上,他都得到了不少好处,但是在精神上和心理上,他却处于劣势。(当然,在类似他们这样的关系中,施恩者真诚的同情之心,受恩者由衷的感激之情,也都应该是存在的,只是它们不是我们现在所欲关心的问题。)

　　因此,当施恩者与受恩者的地位发生变化时,受恩者方面必然会首先谋求恢复心理上与精神上的平衡。当受恩者的这种要求流露得过于强烈而明显时,就会像匡超人的行为那样给人以“忘恩负义”之感。在匡超人那枝射向马二先生的冷箭中,便蕴含着想要恢复心理上与精神上的平衡的强烈意识,所以才句句针对着马二先生当时的言行而发。其实仔细品味一下匡超人的话,除此之外几乎没有什么恶意。我们也相信,如果他重遇到的是一个落魄的马二先生,则他也许不会拒绝伸出援助之手,以报答马二先生当初的馈赠之恩,因为这种回报本身也有助于恢复心理上与精神上的平衡。换了一个更为老练的人,也许会通过较为巧妙的方式,来获得匡超人想要的那种心理上与精神上的平衡。但是匡超人没有这份涵养,他的悟性也嫌欠缺,所以他只能让人感到可鄙。

然而匡超人的行为却是颇有代表性的,在人性的弱点的展露上也堪称典型。其实我们很难问心无愧地嘲笑匡超人,在他身上也有着我们大多数人的影子。小说家淡淡地写来,我们可不能淡淡地读过。

感恩是一种负担

在人性的各种弱点中,"忘恩负义"也许是被人们议论得最多的一种,也许也是最为人们所痛恨的一种。在中国古代的小说里,它也是一个颇为常见的主题。

还记得有一次读到一个"忘恩负义"的故事时,心灵所感受到的那种强烈的震撼。这个故事见于《唐国史补》、《唐语林》、《太平广记》引《原化记》、《剑侠传》等史料笔记和小说选集,到了《醒世恒言》(第三十卷)里,则发展为《李汧公穷邸遇侠客》这一近二万言的话本小说。为了节约篇幅,我们在此只引见于李肇《唐国史补》卷中的较短一则,以见其故事梗概:

> 李汧公勉,为开封尉,鞫狱,狱囚有意气者,感勉

求生，勉纵而逸之。后数岁，勉罢秩，客游河北，偶见故囚。故囚喜迎归，厚待之，告其妻曰："此活我者，何以报德？"妻曰："偿缣千匹可乎？"曰："未也。"妻曰："二千匹可乎？"亦曰："未也。"妻曰："若此，不如杀之。"故囚心动。其僮哀勉，密告之。勉衩衣乘马而逸。比夜半，行百余里，至津店，店老父曰："此多猛兽，何敢夜行？"勉因话言。言未毕，梁上有人瞥下曰："我几误杀长者！"乃去。未明，携故囚夫妻二首以示勉。

这个故事最令人震惊的地方，是故囚夫妇的那段对话。故囚夫妇的话题，从讨论报恩的筹码，一下子滑向了害人之意，这是怎样的一种突然的转折呵！是什么样的心理机制，又是什么样的人性弱点，导致了这种极为突然的转折呢？

狄德罗说过的一句话，也许可以作为我们解谜的工具："感恩是一种负担，而一切负担就是为了要被摆脱而造出来的。"（《拉摩的侄儿》）摆脱的方法，则可以是各种各样的。一般多数人所采取的，并且为道德规范所肯定的，是"知恩报恩"的方式；而少数人所采取的，并且为道德规范所否定的，则是"忘恩负义"的方式。但不管是"知恩报恩"还是"忘恩负义"，它们的实际作用都是为了摆脱"感恩"的负担，因而它们在内在精神上实具有某种相似性，正如马克·吐温所说的："报恩和背信是同一行列的两个极端。"（《傻瓜威尔逊》）

　　当我们明白了上述道理时,我们也就能明白故囚夫妇心理转折的原因了。他们当然想要摆脱对于李勉的感恩的负担,他们首先考虑的摆脱方式是报恩。然而他们感到他们的能力不足以报恩,也就是不足以摆脱感恩的负担,而感恩的负担又是必须被摆脱的,于是他们就想到了另一种摆脱负担的方式——"忘恩负义"。在故囚夫妇的上述那段令人震惊的对话中,其实便包含着这样一种复杂的心理机制与人性弱点。

　　毋宁说,在现实生活中,像故囚夫妇的故事那样的极端的戏剧性表现是很难见到的,而更为常见的则是那种"剪不断,理还乱"的感情纠葛。但是正是通过这种极端的戏剧性表现,小说家把人性的一个层面尖锐地呈现在读者面前,使读者无法再避而不见或熟视无睹,在震惊之余不得不更深入地思考"感恩"的问题。像这样复杂深刻的小说,自然要远胜于那些简单浅薄的说教小说。

　　从"感恩是一种负担"的认识出发,我们对于一些传统故事,也可以获得一些新的感受和领悟。《战国策》卷二十五魏四《信陵君杀晋鄙》记载,"信陵君杀晋鄙,救邯郸,破秦人,存赵国,赵王自郊迎。"在去邯郸的路上,唐雎告诫信陵君:"(事)有不可忘者,有不可不忘者。""人之有德于我也,不可忘也;吾有德于人也,不可不忘也。"并认为诸如信陵君这次对赵王的恩德,便属于"不可不忘"之列,所以"愿君之忘之也"。信陵君听从了唐雎的告诫,果然不以恩人自居,在充满感恩之情的赵王面前表现得十分谦恭。原先我们也许认为,唐雎的告诫只是一种人格上与道德上的教训,但是我们现在认识到,唐雎实在是为了信陵君的安全才这么告诫的,因为让操有巨大权力的赵王感到感恩的负担,对信陵君来说实在是一件十分危险的事情!

"履行义务的压力就把最甜美的享受变成了最枯涩的负担。"(卢梭《一个孤独的散步者的遐想》)当感恩成为一种负担时,其情形恐怕也正是如此。

这叫做知恩报恩

谈过了"忘恩负义",我们再来看一下处于"同一行列"另一个极端的"知恩报恩"。和"忘恩负义"一样,"知恩报恩"也是摆脱感恩的负担的方式之一,不过一般被认为是最好的方式之一,人性在这里表现出其高尚的一面。

"知恩报恩"当然首先取决于受恩者的素质,但是与施恩者的态度也大有关系:

> 逢人患难要施仁,望报之时亦小人。不吝施仁不望报,分明天地布阳春。(《古今小说》第十三卷《张道陵七试赵升》)

> 古语云:"施德不望报。"盖有望报之心,必沾沾焉先计其人之所以报我何如,而后结之以恩;受其恩者,亦逆计其所以施德之意,原为图报而设,则感之也亦不深。此所谓市交也,后来必至凶终隙末,欲衔恩于前,图报于后,何可得哉?唯有慷慨丈夫,济困扶危,视为分内之事,不伐其功,不矜其能,虽不望报,人则切切

于心，必思有以报之。救人之难，人亦救其难；脱人于死，人亦脱其死，则救人不啻自救。世间大便宜事，莫过于此。（《娱目醒心编》卷七《仗义施恩非望报　临危获救适相酬》）

"施恩望报"的态度，会加重受恩者的感恩负担，而使"知恩报恩"之心受到抑制，"忘恩负义"之心却乘机抬头；但"施恩不望报"的态度，却有助于减轻受恩者的感恩负担，而使"知恩报恩"之心受到滋养，"忘恩负义"之心受到抑制。"施恩望报"的态度，容易使施恩报恩变成一种斤斤计较的交易；而"施恩不望报"的态度，则可以使施恩报恩更多地出于感情的自发性。如果我们把卢梭的话改成"如果没有履行义务的压力，那么最甜美的享受仍然还是一种享受"，则也许正可以适用于"施恩不望报"的场合受恩者的心理。然而，尽管施恩者的态度非常重要，受恩者的素质却仍不可忽视，因为即使是在那"施恩不望报"的场合，受恩者的"忘恩负义"也是比比皆是的。

《蒋兴哥重会珍珠衫》（《古今小说》第一卷）里的蒋兴哥，把红杏出墙的三巧儿给休了，但是出于过去的夫妇恩爱，三巧儿的财物却并不去动它："楼上细软箱笼，大小共十六只，写三十二条封皮，打叉封了，更不开动。这是甚意儿？只因兴哥夫妇本是十二分相爱的，虽则一时休了，心中好生痛切，见物思人，何忍开看？"后来三巧儿改嫁吴知县，"临嫁之夜，兴哥顾了人夫，将楼上十六个箱笼，原封不动，连钥匙送到吴知县船上，交割与三巧儿，当个陪嫁。妇人心上到过意不去。傍人晓得这事,也有夸兴哥做人忠厚的,也有笑他痴呆的,还有骂他没志气的:正是人心不同"。三巧儿以红杏出墙而被休,蒋兴哥原本可以扣下她的财物,可是他却不仅不扣下,而且连折扣也不打,原封不动地送还与三巧儿,怪不得有笑他骂他的。这可以说是对三巧儿的一种施恩行为,但这种施恩行为只是出于蒋兴哥对她的感情,而没有任何图报的念头在内。而且蒋兴哥的这种施恩行为,不是在两人相好时做出的,而是在两人分手后做出的,这就尤其显得难能可贵了。难怪也有人要夸他忠厚,而三巧儿则"心上到过意不去"了——要知道这原本就是她的财物!

三巧儿受故夫这点恩德,心里的感激之情,自然不言可知;而原先就未泯灭的爱情,也还是潜埋心底。因此,当蒋兴哥落难系狱时,三巧儿"想起旧日恩情,不觉痛酸",在蒋兴哥不知情的情况下,拼命让吴知县救他。小说家分析她这么做的心理原因道:

> 看官们,你道三巧儿被蒋兴哥休了,恩断义绝,如何恁地用情?他夫妇原是十分恩爱的,因三巧儿做下不是,兴哥不得已而休之,心中兀自不忍,所以改嫁之夜,把十六只箱笼,完完全全的赠他。只这一件,三巧儿的心肠,也不容不软了。今日他身处富贵,见兴哥落难,如何不救?这叫做知恩报恩!

这种出自内心的没有负担感的感恩心理,当然来自三巧儿"知恩报恩"的美好心灵,但其实也来自蒋兴哥当初同样发自内心的不图回报的施恩行为。试想,如果蒋兴哥当初"名正言顺"地扣下三巧儿的财物,或者至少是扣下她的若干财物,或者在送还财物时表明一下自己的"大方"或"宽容",或者在送还财物时让三巧儿记住自己的恩德,则三巧儿当初自然不能不接受现实,可后来还会有这种发自内心的报恩行为吗?

说起来也的确奇怪,那施恩望报的,往往不仅得不到回报,而且反而会意外地招致"忘恩负义",甚而"恩将仇报"的恶果;那"施恩不望报"的,往往不仅能够得到回报,而且得到的回报还会意外地超过预期。然而这却也不是一定必然的事情,因为望报不望报全凭感觉,能报不能报得看条件。人性的复杂性就这样增加了人生的复杂性。漂母于韩信不过一饭之恩,韩信却终生感恩不已;韩信于汉高祖功劳盖世,汉高祖却乐于听到韩信的死讯。恩报的运作,是何等的复杂!而人性的深度,又是如何的不测!

因果报应:人际关系的"能量守恒定律"

在中国过去的社会中,"因果报应"的观念深入人心。在中国古代的小说里,"因果报应"也是一种重要的主题。这种思想观念的基本内容,是"善有善报,恶有恶报",亦即是认为人们的任何行为都会产生相应的后果,或者说人们的任何处境都是相应的前因的结果。

"因果报应"常被小说家们用来解释他们感到无法解释的荒唐事儿的成因。比如《醒世姻缘传》的作者看到了许多婚姻不协调的例子,感到非"因果报应"不足以说明其原因。

> 人只知道夫妻是前生注定,月下老将赤绳把男女的脚暗中牵住,你总然海角天涯,寇仇吴越,不怕你不凑合拢来。

这是婚姻"命定论"的观点,依了这种观点,却于现实有解释不通之处:

> 依了这等说起来,人间夫妻都该搭配均匀、情谐意美才是,如何十个人中倒有八九个不甚相宜?或是巧拙不同,或是媸妍不一,或做丈夫的憎嫌妻子,或是妻子凌虐丈夫,或是丈夫弃妻包妓,或是妻子背婿淫人;种种乖离,各难枚举。正是:夫妻本是同林鸟,心变翻为异国人。

于是作者提出了一种"因果报应"的解释:

> 看官,你试想来,这段因果却是怎地生成?这都尽是前生前世的事,冥冥中暗暗造就,定盘星半点不差。只见某人的妻子善会持家,孝顺翁姑,敬待夫子,和睦妯娌,诸凡处事,井井有条。这等夫妻,乃是前世中或是同心合意的朋友,或是恩爱相合的知己;或是义侠来报我之恩,或是负逋来偿我之债;或前生原是夫妻,或异世本来兄弟。这等匹偶将来,这叫做好姻缘,自然恩情美满,妻淑夫贤,如鱼得水,似漆投胶。又有那前世中以强欺弱,弱者饮恨吞声;以众暴寡,寡者莫敢谁

何;或设计以图财,或使奸而陷命;大怨大仇,势不能
报,今世皆配为夫妻。(引起)

这种解释显然是十分荒唐而不值一驳的,不过产生这
种解释的起因却是可以理解的。正如徐志摩在为此书所
作的序中所说的,作者之所以产生这种奇怪的念头,乃是
"想必看到听到不少凶悍恶泼的故事,有的竟超越到情理
之外,决不能以常情来作解释,因而他转到果报的念头,因
为除此更没有别的可能的说法"。即使在今天,这类婚姻
中许多奇奇怪怪的纠葛的原因,恐怕也是一般的家庭社会
学或婚姻社会学所难以完全解释的。

"因果报应"便是对于现实的这样一种想象的歪曲的
解释,虽然在现代人看来已经显得过时,不过对于当时人
来说,却至少可以起到以下两种作用。

一是满足人们的自慰心理。当人们遇到各种难以抵
挡或不可逆料的灾难时,心理上必然会受到很大的冲击。
为了保护自己的心理健康,人们会采取若干本能的防护措
施,其中之一便是自慰心理。"因果报应"则颇可起到这样
的作用。从"因果报应"的角度出发,人们会认为自己现在
所遭受的灾难,是自己或祖先的现世或前世的恶行的后
果,从而便会认为自己现在的处境是"咎由自取"或"罪有
应得",从而心理上能够获得某种安慰,帮助自己忍受目前
的不幸时光。

二是满足人们的报复心理。当人们遇到各种不可逆
料或难以抵挡的灾难时,有时光是如上所说的自慰心理,

还不能完全使人们感到释然,于是报复心理便因而发动,给人们的心理再加上一道屏障。"因果报应"便也能起到这种作用。从"因果报应"的角度出发,人们感到现在使自己遭受灾难的人或其子孙,必会在现世或来世受到自己或自己子孙的报复。于是通过这种想象中的报复,人们获得了另外一种心理安慰。

在过去远谈不上有心理治疗的时代,貌似荒唐的"因果报应"观念,却可以起到如上所述的心理宣泄作用,不失为一种聊胜于无的心理治疗的替代品,或者如一般所说的,是一种能使人们通过幻想解脱痛苦的"精神鸦片"。而小说家们也常常藉以向读者提供心理安慰,让读者在想象中获得安慰与满足。

不过,除了如上所说的心理宣泄作用以外,从更深的层面上来说,"因果报应"其实也以一种比较荒唐奇特的方式,揭示了人际关系的"能量守恒定律"。

静观默察人类社会,我们会发现人际关系也是一个力场,也遵循着自己的"能量守恒定律"。任何一个人的任何一种行为,都会产生相应的作用力。这个作用力也许会马上引起反作用力,反弹回行为者身上;也许并不马上引起反作用力,而是传递给其他人的其他行为,再经由其他人的其他行为,传递给另外一些人的另外一些行为。就这样一路传递下去,其形式也许会不断转换,但其能量却永远不会消失。最终则每一个人的每一种行为,必将影响其他人的其他行为;而每一个人的每一种行为,也必将受到其他人的其他行为的影响。其中什么是因,什么是果,很难分析清楚,但相互作用的力场却是存在的,这就是人际关系的"能量守恒定律"。

如果从这个角度来理解"因果报应",则可以认为人际关系中的确存在着"因果报应"。不过这当然不是一对一的孤立的直线形式的"因果报应",而是错综复杂且缠绕纠结的"因果报应"。打个最简单的比方:人人以笑脸向人,则人人必将受到笑脸的回报;人人以恶脸向人,则人人必将受到恶脸的回报。总体上自会保持平衡,而局部上则未必一一对应。

"因果报应"的荒唐之处,不在于它指出了"善有善报,恶有恶报"的人际关系的"能量守恒定律",在这一点上,它毋宁说是相当有道理的;而只在于它要一一落实每个人的每种行为的前因后果,把错综复杂的人际关系的力场简化为一对一的孤立的直线形式。这也许是朦胧地意识到人际关系的力场的古人,对此所作的一种直观的简单化的表述。如果我们能够透过其荒唐的外表看出其隐含的真理,则我们一定会承认,这也是在人际关系的认识方面古人所表现出来的智慧之一,尽管它是以"荒唐的真理"或"深刻的谬误"的形式表现出来的。

何况在高明的小说家那里,对于"因果报应"的理解,原本也并不一定是那么僵硬的。正如孙述宇所指出的,在《金瓶梅》中,"密麻麻的因果之网笼络着整本小说,这种报应的道理也是佛家讲了千百年的,但是过去的和尚从没有说得这么生动,因为从没有人像作者这么擅长观察大千世界中种种矛盾复杂与相歧。报应并没有意志,并没有拟人化的神明在裁判与处分,但它自有它的逻辑,它在我们未想到之处便已作用起来"[①]。他所举的例子之一,是妓女郑爱月儿的故事。她曾因没到西门府上陪酒,而被西门庆难为过。后来她想取悦于西门庆,以便多挣几两银子,于是就把自己在各家弹唱时所见到的妍丽女眷一一报告给西门庆,结果引得西门庆"劳累"致死。其实她并未蓄意报仇,结果却还是起了这样一种作用。这个例子,也更接近于我们如上所说的人际关系的"能量守恒定律",而不是一对一的孤立的直线形式的"因果报应"。

---

① 孙述宇《金瓶梅的艺术》,载宁宗一、鲁德才编《论中国古典小说的艺术——台湾香港论著选辑》,第173页。

第七章 犯规的乐趣

为了伸张正义，就可以接受误判吗

法律的基本原则应该是"普遍性"原则，也就是一般所说的"在法律面前人人平等"的原则。但是一如其他社会规范一样，法律的"普遍性"原则也常会受到来自"相对性"原则的挑战，也就是受到"在法律面前不是人人平等"的原则的挑战。

相对性的表现是形形色色的，一般比较常见的是人与己的相对性，上与下的相对性，内与外的相对性，善与恶的相对性，等等。也就是说，人们常常会在牵涉到人己、上下、内外、善恶的差别时，放弃法律的普遍性原则，而要求法律的相对性原则。具体一点说，也就是人们常常倾向于认为，比起自己来，法律更适用于他人；比起上层人物来，法律更适用于下层人物；比起己方的人来，法律更适用于他方的人；比起"好人"来，法律更适用于"坏人"。我们这里就想看看其中最后一种情况。

在中国古代的小说里，有不少是以司法和审判为内容的。其中有的揭露了法制的混乱，有的批判了司法的不公,都或多或少地反映了人们对于法律的普遍性的要求。但是也有一些小说,却也反映了人们对于法律的相对性的要求,尤其是在涉及所谓的"好人"与"坏人"的场合。

比如同样是在误判的场合,小说家和读者的态度,便会因误判对象的"好""坏",而有不同的倾向性。

在《错斩崔宁》里,府尹仅仅根据表面的相似性,便错误地判定崔宁和小娘子有罪,并将他们处死。对于这起冤案,小说家和读者都深感痛心,并因此而生出了对于不公正司法的强烈愤慨。小说家与读者的这种同情与愤慨,由于崔宁和小娘子都是"好人",而获得了强化。也就是说,在小说家与读者看来,这一误判不仅违背法律,而且违反人情。

但是在《酒下酒赵尼媪迷花　机中机贾秀才报怨》(《拍案惊奇》卷六)里,县官也同样仅仅根据表面的相似性,便错误地判定其实没有杀人的卜良有罪,并且判处了他死刑,造成了一起冤案。但是因为卜良是一个好色之徒,并曾设计奸骗了一个良家妇女,他的被冤枉乃是因为那个受污妇女的丈夫设计报怨,所以小说家和读者并没有对这起误判感到愤慨,也没有对卜良的受冤感到同情,更没有像在《错斩崔宁》的场合那样,发出"这段冤枉仔细可以推详出来"的遗憾的叹息。在这里,人们显然表现出并不要求司法的公正性,而只是要求人情的合理性的倾向。换句话说,尽管这起误判违背了法律,却因为符合了人情,所以并未受到非议,反而受到了肯定。而且,对钻了司法空子的贾秀才，人们更多的是赞赏，而不是非难；而对于那个糊涂的县官，人们也只是宽容，而并没有谴责。

看一下误判发生的经过是很有意思的。贾秀才之妻巫娘子被卜良串通观音庵赵尼姑设计奸骗以后，贾秀才为了既惩罚这些胆大妄为的无耻之徒，又不使自己的妻子出乖露丑（如果上衙门去告状便必会如此），便设了一条借刀杀人而又一箭双雕的巧计：他让巫娘子假意答应卜良第二次幽会的要求，在幽会时乘机咬下了卜良的一段舌头；贾秀才又去观音庵杀死了赵尼姑和小尼姑，将卜良的舌头放入小尼姑口里。第二天早晨，人们发现了观音庵的凶杀场面，又发现了因被咬去舌头而狂奔乱走的卜良，因为卜良平时便作恶多端，所以人们认定凶手就是卜良，于是把他捉拿到县衙门里。因为卜良的断舌含在小尼姑的口里，卜良又因没了舌头而无法分辩，于是县官就像《错斩崔宁》里的府尹一样，根据所有这些表面的相似性，得出了一个貌似合情合理，实则完全错误的判断：

> 不消说了，这狗才必是谋奸小尼。老尼开门时，先劈倒了，然后去强奸小尼。小尼恨他，咬断舌尖，这狗才一时怒起，就杀了小尼。有甚么得讲！

卜良于是被误认为凶手，当堂打死。

从法律上来说，卜良和赵尼姑只是犯了串通奸骗妇女之罪；而即使有十二分愤慨的理由，贾秀才连杀二人（尤其是其中的小尼姑是无辜的），也已犯了杀人之罪。如果司法公正的话，他们应该受到各自应得的惩罚，而绝不应该像现在这样,让贾秀才逃过法网,而让卜良死非其罪。

不过这只是就法律来说的,人们在情理上可不这么认为。小说家的态度是典型的代表,他非常称道贾秀才借刀杀人的机智:

> 那贾秀才与巫娘子见街上人纷纷传说此事,夫妻两个暗暗称快。那前日被骗及今日下手之事,到底并无一个人晓得。此是贾秀才识见高强,也是观世音见他虔诚,显此灵通,指破机关,既得报了仇恨,亦且全了声名。那巫娘子见贾秀才干事决断,贾秀才见巫娘子立志坚贞,越相敬重。

小说家所唯一感到遗憾的,也只是巫娘子毕竟曾失过身子;而对贾秀才的巧钻法律的空子,则只是一味地表示赞赏:

> 后人评论此事,虽则报仇雪耻,不露风声,算得十分好了,只是巫娘子清白身躯,毕竟被污,外人虽然不知,自心到底难过。

因此,小说家在这里显然是暂时放弃了法律的普遍性观念,而诉之于法律的相对性观念,因为比起司法的公正性来,他显然更关心人情的合理性。这种诉诸法律的相对性的态度,当与《错斩崔宁》的场合加以比较时,尤其显得意味深长。

这不仅是小说家的态度,而且大抵也是读者的态度。人们在阅读这篇小说时,首先引起的阅读反应,是对贾秀才的机智感到佩服,对卜良的"罪有应得"感到痛快。正是在这种时候,读者显然已经落入了小说家设置的陷阱,被法律相对性的观念攫住了身心。其实严格地说来,它原本就潜伏于每个人的内心深处,小说家只是巧妙地诉诸人们的这种观念而已。

但是,如果我们为了伸张正义便欢迎县官的这一误判,那么我们又有什么理由对于《错斩崔宁》中类似的误判感到愤愤不平呢? 我们接受了这起误判,便无法拒绝那起误判。我们想用法律的相对性来维护人情的合理性,但最终我们却会发现,我们既有可能失去司法的公正性,又有可能失去人情的合理性。

看你之面,一板也不曾责他

小说家或者读者,总是喜欢小说里的某些人物,同时厌恶其中的某些人物。当在这两类人物之间发生纠纷时,小说家与读者的同情之心,往往总是在自己所喜欢的人物一边,并希望他们在纠纷中获胜,这自然是极可理解的事情。但是当人们所喜欢的人物理应受到法律的惩罚,而人们却希望看到他们能够免受法律的惩罚时,这种愿望就开始变得有点不合乎法律的普遍性原则了。

《蒋兴哥重会珍珠衫》(《古今小说》第一卷)里蒋兴哥的故事便是其例。蒋兴哥在合浦县贩珠,因与人发生争执,失手将人推跌致死,被人告到县里。正巧县主之妾三巧儿,乃是蒋兴哥的前妻,她得知前夫犯了凶案,念起旧日恩情,便谎称蒋兴哥是她亲哥,要求县主留情开脱。县主看在三巧儿面上,审判时果然从轻发落。三巧儿与蒋兴哥遂得重逢,并导致了他们的复婚。

　　是夜,吴杰在灯下将准过的状词细阅。三巧儿正在旁边闲看,偶见宋福所告人命一词,凶身罗德,枣阳县客人,不是蒋兴哥是谁!想起旧日恩情,不觉痛酸,哭告丈夫道:"这罗德是贱妾的亲哥,出嗣在母舅罗家的。不期客边,犯此大辟。官人可看妾之面,救他一命还乡。"县主道:"且看临审如何。若人命果真,教我也难宽宥。"三巧儿两眼噙泪,跪下苦苦哀求。县主道:"你且莫忙,我自有道理。"明早出堂,三巧儿又扯住县主衣袖哭道:"若哥哥无救,贱妾亦当自尽,不能相见了。"……三巧儿自丈夫出堂之后,如坐针毡。一闻得退衙,便迎住问个消息。县主道:"我……如此如此断了,看你之面,一板也不曾责他。"三巧儿千恩万谢……县主唤(蒋兴哥)进私衙赐坐,说道:"尊舅这场官司,若非令妹再三哀恳,下官几乎得罪了。"

事情很明显,如果不是三巧儿为蒋兴哥求情,如果不是县主为三巧儿徇情,这个人命案子不会是这样断法,蒋兴哥不会如此不吃一点苦头。但是因为小说家和读者都喜欢蒋兴哥与三巧儿,因而即使这是一起典型的徇私用情的审判,也没有因此而对其中的司法不公产生任何不满,反而感到这是一场断得合情合理的官司,并为蒋兴哥的未受大祸而庆幸不已。人们的感情不能说不好,但良知却稍有受蔽之嫌。

《三与楼》(《十二楼》第三卷)里的法律纠纷也是一个类似的例子。一个财主百般算计邻人的房产,最后终于全部贱买到手。这个邻人有一个轻财任侠的朋友,对此事感到非常的不平,于是向县里递了一张匿名状子,诬告那个财主是强盗窝家,祖孙三代俱为不良之事。县官因此将财主一家的人都抓了起来,严刑拷打,要他招出同伙之人,弄得这个财主几乎家破人亡。后来县官又查出了递匿名状子的人,原来就是那个邻人的朋友。而那个邻人是县官所尊敬的"好人",于是县官不仅不追究递匿名状子者的诬告之罪,反而称赞他做了一件"盛德之事",因为他替朋友出了一口冤气。皂快们的反应显示了此事的不合常规:

> 只有两班皂快,立在旁边,个个掩口而笑,说:"本官出了告示,访拿匿名递状之人。如今审问出来,不行夹打,反同他坐了讲话,岂不是件新闻!"

由于财主是小说里的反派角色,邻人及其朋友是正面角色,所以无论是小说家还是读者,其感情天平自然都是倾向于后者的。对于财主的受到诬告,人们只觉其大快人心;而对于邻人朋友的诬告行为,则也同县官一样感到钦敬。但是如果仔细想想,则财主虽然欺人太甚,却只是为人问题,并不曾触犯法律;而邻人朋友的行为,虽则豪侠可喜,却是典型的犯法行为。所以小说后面的评论中说道:"独是庶民之有财力者不当以老叟为法,因其匿名递状一节不可训耳。"只不过因为我们同情后者的关系,我们的良知便在不知不觉间休息了。

说起来,法律为了普遍实施的可能性,不得不要求某种规范性,无法针对千变万化的复杂情况,做出各种各样的灵活反应。为此在遇到"好人"误触法律的时候,人们总不免希望有法外之情;在遇到"坏人"钻法律的空子的时候,也总不免希望有法外之报。这种要求不能说不合情合理,也不能说一定违背法律的精神实质。

但是,所谓的"好"与"坏",所谓的"善"与"恶",大抵都是一些相对的人为的概念,随着利害关系的不同,也会有种种不同的理解。因此,以"善"、"恶"、"好"、"坏"为理由,要求法律作出不同的反应,虽说看起来好像合情合理,但有时候也确是危险之事。因为说到底,人性总是"自以为是"而"他以为非"的,因而所谓的"善"、"恶"、"好"、"坏"的尺寸,有时也就很难掌握。弄得不好,则只是以相对性原则破坏了普遍性原则而已。

上面两篇小说的描写,有助于我们认识人性的一个侧面,即人性有要求法律的相对性的侧面。比起那些谴责法制混乱和司法不公的作品,这些小说可以带给我们更多的启示,促使我们作更深的思考。

鲁智深吃狗肉

为了协调人际关系和保持社会稳定,人们不得不建立起许多道德规范,使人们之间有一个安全的调节阀,不致因为摩擦而导致社会解体。但是与此同时,作为一个个的个人,人们也不能不对这些社会规范感到厌烦,总想要摆脱它们的约束,过无拘无束的生活。

处于这种矛盾的张力之间的人们,或多或少都有点像德莱塞的《天才》中的尤金:"在感情上和外表上,他好像很接近、很像一只羔羊,驯服于一般风俗习惯,可是内心里,他就像一只贪婪的狼,对礼教毫不在乎。生活中所有的规矩和方式在他看来都是笑话。"

在现实生活中,破坏社会规范必会受到惩罚,所以人们不得不压抑自己的冲动。但是这种压抑着的冲动总要寻找宣泄的渠道,于是小说便起而充当这种宣泄的渠道的角色。形形色色以反叛和无法无天为内容的小说,小说家们之所以喜欢写,读者们之所以喜欢读,其实大抵与人们的宣泄要求有关。

孙悟空的故事,我们总觉得后一半不如前一半好看,因为后来他成了正果,戴上了象征社会规范的"金箍",成了一个除了偶尔的冲动之外,一般是遵守社会规范的成熟的社会人,就像我们大多数人在生活中所做的那样。但是在开始他还无法无天的时候,他却并不遵守任何社会规范,而过着随心所欲的生活,这倒正是人们想做而不敢做的事情。于是在他那大闹天宫的豪举中,人们感受到了一种想象的宣泄的满足。

《水浒传》里那些无法无天的好汉,同样因其无视社会规范的行为,而赢得了小说家和读者的尊敬与喜爱。人们那被压抑着的破坏的冲动,通过好汉们的行为,获得了某种宣泄。比如当我们看到因为打死镇关西，而被迫在五台山做了和尚的鲁智深的那些捣乱行为时，我们便会像他一样兴高采烈。和尚们是不吃肉的，鲁智深却偏要吃狗肉，还要硬塞给别的和尚吃：

> 众僧看见，便把袖子遮了脸，上下肩两个禅和子远远地躲开。智深见他躲开，便扯一块狗肉，看着上首的道："你也到口。"上首的那和尚，把两只袖子死掩了脸。智深道："你不吃？"把肉往下首的禅和子嘴边塞将去，那和尚躲不迭，却待下禅床，智深把他劈耳朵揪住，将肉便塞。（第四回）

我们身上也有着鲁智深的影子，不仅想做违反规矩的事情，还想让别人也一起来做。这完全是一种故意犯规的乐趣。

正因为我们在现实生活中很少能这样做，所以我们就通过小说想象地去这样做。吉川幸次郎曾经指出，人们之所以创造和欣赏鲁智深这类人物，是因为"他们是破坏规矩及和谐的人物。这些人物本来是作为市民阶层的人物而被描写的，但读书人也渐渐对规范的生活感到厌烦了，于是，他们有的也作为读者，到小说中来追求自由"①。随着社会文明的进步，人们原始的破坏本能便会越来越受到压抑，于是"到小说中来追求自由"的人们大概便也会越来

---

① 吉川幸次郎《中国文学史》（陈顺智、徐少舟译），成都，四川人民出版社，1987年版，第230页。

越多。

这种"到小说中来追求自由"的现象，并不仅仅是中国古代小说才有。我们看西班牙的流浪汉小说和无赖小说，还有马克·吐温的《哈克贝里·芬历险记》之类小说，大都亦具有满足人们的犯规愿望的作用。这原是因为在人性中大抵隐藏有不安的恶魔之故。

其实，"到小说中来追求自由"也不一定就是坏事，因为藉了这条宣泄的渠道，可以减轻人们内心的精神压力，以及现实生活中的紧张感。不过我们一般不太愿意承认这种潜在的阅读动机，有时难免赋予我们的阅读以过分冠冕堂皇的理由，这倒是一个值得深思的有趣现象。

只因贪吝惹非殃

在世界各国的文学史上，大抵都曾出现过"歹徒小说"这种小说类型。这种小说以强盗、土匪、小偷、流浪汉等等为主角，表现他们的种种伎俩与生活侧面。"歹徒小说"里的"歹徒"，不完全等同于实际生活里的歹徒，而主要是一种文学形象，是小说家笔下的创造物。在他们的身上，凝聚着人们复杂的愿望。正因为这类形象很难用一般的善恶标准来衡量，所以我们宁可把"歹徒小说"中的"歹徒"作为一个中性概念来看待。

类似《宋四公大闹禁魂张》（《古今小说》第三十六卷）和《神偷寄兴一枝梅　侠盗惯行三昧戏》（《二刻拍案惊奇》卷三十九）这样的小说，都是典型的"歹徒小说"。华克生指出："早期小说中令作者和读者均感厌恶的歹徒形象,在晚期话本中变成了懒龙或宋四公式的悍勇诡黠人物。从类型学上说,他们近似西方(如西班牙)小说或印度、波斯等东方中世纪文学中的流浪汉和骗子。"①值得注意的是他所指出的"歹徒"形象的那种变化,在那种变化中,隐含有人们对于"歹徒"形象的爱憎的变迁及其心理原因。

虽说是"歹徒小说",但其中的差别也很大。即使是在《宋四公大闹禁魂张》与《神偷寄兴一枝梅 侠盗惯行三昧戏》之间,也存在着很明显的区别。与《神偷寄兴一枝梅 侠盗惯行三昧戏》相比,《宋四公大闹禁魂张》中的歹徒形象更为阴暗消极。他们不仅在社会上为非作歹,表现出完全的缺乏道德意识;而且相互之间也自相残害,连歹徒之间的"义气"都不讲。对于这批歹徒,小说家表面上的态度是否定的:

> 这一班贼盗,公然在东京做歹事,饮美酒,宿名娼,没人奈何得他。那时节东京扰乱,家家户户,不得太平。直待包龙图相公做了府尹,这一班贼盗,方才惧怕,各散去讫,地方始得宁静。

但是小说家的实际描写所显示的,却毋宁说是明显的赞羡的态度。在作为小说中心内容的"大闹禁魂张"事件中,小说家的同情与其说是在被害人的一边,毋宁说是在

---

① 华克生《中国无赖小说的若干特点》,载《语文科学》1966 年第 1 期;转引自李福清《中国古典文学研究在苏联(小说·戏曲)》(田大畏译),北京,书目文献出版社,1987 年版,第 37～38 页。

歹徒们的一边。事件里的被害人"禁魂张",是东京的一个富人,由于生性极为吝啬,遭到了歹徒们的嫉恨,于是千方百计捉弄他,偷了他的东西,又在他头上栽赃,最后逼得他自杀身亡。虽说禁魂张的吝啬的确惹人讨厌,但是他却并不曾害过别人,"安分守己,并不惹事生非"。因此显而易见,整个事件是歹徒们造成的,责任应在歹徒们一边。但是小说家却把事件的责任多少归之于禁魂张的吝啬:"只为一点悭吝未除,便弄出非常大事,变做一段有笑声的小说。""只因贪吝惹非殃,引到东京盗贼狂。"把"东京盗贼狂"的责任推到禁魂张身上已属不通,而视整个捉弄禁魂张并使之家破人亡的歹徒们的恶作剧为"有笑声的小说",也更显出小说家道德态度的可疑。我们觉得,其中似乎存在着一种价值观的颠倒,一种倾向上的暧昧。

这种价值的颠倒与倾向的暧昧的原因,在这篇小说的入话中似乎已稍露端倪。其中写了一个因富得祸的故事。

石崇临受刑时叹曰:"汝辈利吾家财耳!"刽子曰:"你既知财多害己,何不早散之?"

这个故事说明了富人的危险处境:财富容易激起别人的嫉妒心理,从而往往会使富人遭到杀身之祸。显得易见,正话想要表达的,正是同样的想法。在小说家看来,禁魂张的被害,与石崇的被害,也都是出于同样的原因。这个看法当然完全正确。不过问题还在于,应该如何表明对于这类事情的道德态度?是应该仅仅指责富人不应该聚财取祸呢?还是应该指责他人不应该因妒害人?

正是在这个问题上,小说家的态度显得相当暧昧:他一面对受害的富人表示同情,但另一面又流露出隐隐的快意。这无疑是因为,站在一般的道德立场上,他不能不反对歹徒们杀人越货的行为;但是作为一个对富人同样感到嫉妒的凡人,他又情不自禁地赞羡歹徒们杀人越货的行为。于是他的小说便出现了同样的自相矛盾:虽然其表面声音是谴责歹徒们的行为的,但是其实际描写却流露出了对于歹徒们的行为的肯定。这也就是小说家的态度之所以使人感到可疑的原因。

说起来,人们总是一方面想尽量满足自己的欲求,另一方面又对他人同样的要求感到不快。"我总是恼恨还有别人的生命在进行着,他们同样地具有自己的唯我主义,凸出他们的欲望,吸引人们的注意。"(斯诺《新人》)这样,嫉妒他人的财富或其他什么,便也可以说是人性的一个必然特点了,只不过人们处理它的方式各有不同而已。

正是在这一方面,像《宋四公大闹禁魂张》这样的歹徒小说,通过歹徒们对于富人的种种恶作剧,在想象中满足了人们希望看到富人倒霉的隐秘愿望,使人们那对于富人的嫉妒心理得到了痛快的宣泄。这自然会使人们将同情心放在歹徒们一边,而不是受害人的一边;也使人们更喜欢歹徒们,而不是受害的富人们。在这个"人们"中,自然是既包括小说家,也包括读者在内的。这也就是为什么小说家爱写这类小说,读者爱读这类小说的原因(当然,以上所说的只是"歹徒小说"的满足功能的一个方面,还有不少

满足是在其他种类的歹徒小说里获致的)。如果小说家和
读者都是有钱人,这类小说的倾向性自然会有所不同;然
而事实上世界上总是穷人多而富人少,所以事情也就只能
是这个样子了。

第八章 他人的地狱

造物者偏要颠倒英雄

中国的道家哲学,历来有劝人"守雌"的教训,认为安于恬退者不仅能避祸全身,抑且能守拙反达,做到热心进取者做不到的事情。民间俗话,也有巧不若拙、智不及愚之类说法。这些教训或说法,说的总是人生固然要积极进取,但有时积极进取未必能成事,安于恬退反而易于成事的道理。

《鹤归楼》(《十二楼》第九卷)所致力于表现的,便是这样一个主题。其中展示了两个书生的对比:对于功名利禄,他们都看得很淡,结果两人在这方面都一帆风顺,这便是"安恬退反致高科";然而对于男女之情,两人的态度却大相径庭,一个以冷处热,结果白头到老,一个以热处热,结果吉始凶终。

两人所娶之妻皆为绝色佳人,原是徽宗皇帝选中了要作妃子的,因臣下劝谏而无奈罢手,后来"转嫁"于两个书生。徽宗皇帝知道此事后,不免拈酸吃醋起来,于是百般摆布两个书生,派他们出使金国,使他们不能与妻子团聚。

面对当头横祸,两个书生的处置截然不同:一个与妻子痛哭而别,日思夜想,刻刻盼望,结果妻子郁郁而死,自己也未老先衰;另一个则将生离作死别,临行时故意对妻子作决绝之言,断了妻子的想望,自己也无所牵挂,结果最终重逢之日,夫妻都健康胜于昔时。小说家指出前一个书生的悲剧的原因道:

> 总因他好色之念过于认真,为造物者偏要颠倒英雄,不肯使人满志。后来官居台辅,显贵异常,也是因他宦兴不高,不想如此,所以偏受尊荣之福。可见人生在世,只该听天由命,自家的主意,竟是用不着的。

小说家指出人生处世之所以宜冷不宜热的原因,在于"造物者偏要颠倒英雄,不肯使人满志"。这看起来有点荒诞不经,但其实却正是一针见血地指出了世情的本质。

"偏要颠倒英雄,不肯使人满志"的,其实是世情而不是"造物者"。人性原本是争强好胜的,总不愿看见他人比自己顺遂美满,也不愿看见自己比他人偃蹇坎坷。过分明显地显示自己的欲望,之所以会招来意外的阻力,正是因为这容易引发他人的嫉妒之心,并因此而产生阻挠的冲动。在上述小说里,人性的这种嫉妒本质,被夸张化和戏剧化为皇帝对臣子的拈酸吃醋,其实它原本存在于我们每个人的心中。只因为嫉妒之心人皆有之,因此常常是你越想要的,人们便越是不会给你,一直到你心灰意冷为止。

如果不能打破这个迷关,永远以进取之心待之,则难保热心肠不变作死心肠,结果一生耗费在近乎徒劳的追逐上,这便是"物于物"的生存方式;如果能够打破这个迷关,先能自置于死地与绝地,使热心肠变成冷心肠,则人们的嫉妒之心对之亦将无可奈何,结果反有可能实现真正有价值的人生目标,这便是所谓"物物"的生存方式。但是,人性常常是甘于"物于物",却不愿"物物"的,这也是人的一种宿命吧?

像《鹤归楼》的作者,对于人性的嫉妒本质,其实也不会没有认识,所以他才写了这篇小说,并把嫉妒心理夸张化与戏剧化为皇帝的拈酸吃醋;不过他却不愿明说这是人性的阴暗之处,而把它归之于"造物"与"天命"。我们现代的读者,当然不会被他的障眼法蒙住了眼睛。

怨毒之于人深矣

人与人之间的关系,是原本就可以爱,也可以恨的。爱与恨如同两个极端,却处于同一行列之上,彼此具有相通的地方,而且也很容易互相转化。转化的契机有时十分微小,微小到仅仅是人的念头一转。

古语说:"怨毒之于人深矣!"说的便是在从爱至恨的转化中,一念怨毒所能起的剧烈的催化作用。本来相亲相爱,或者至少是和睦共处的人们,因了某些小事,却会反目成仇,甚而发展出天大的事来。无论是个人与个人之间,还是集团与集团之间,有时都会如此。

《卢太学诗酒傲王侯》(《醒世恒言》第二十九卷)中的卢柟,便因为与县令结了一点小怨,而弄得吃了十几年的官司,而且差点死无葬身之所。这篇小说是以实事为素材的,下面我们引钱谦益《列朝诗集》丁集第五"卢太学柟"小传的有关记载,作为这个故事的梗概:

> (卢柟)尝为具召邑令,令有他事,日昃乃至,柟醉卧,不能具宾主,令心衔之。柟尝醉榜其役夫,旬日,役夫夜压于墙,陨。令禽治柟,当柟抵坐,系狱。里中儿为狱吏,素恨柟,笞之数百,谋以土囊压杀之。他吏觉之,得不死。

这是明代广为人知的一个事件,因此受到了学者与小说家的注意。卢柟在县令和狱吏手里吃足了苦头,一则被问成死罪,二则差点被暗害,其起因说来都很简单:他平时和做狱吏的里中儿有点不愉快,又在宴请的事上与县令有点小误会,这使得县令和狱吏对他产生了怨毒之心,以致发展到必欲置之死地而后快的地步。在此我们看到了一个"怨毒之于人深矣"的实例。

更加具有讽刺意义的是,卢柟遭受此祸,是因为县令失了面子;县令失了面子,是因为卢柟没有礼貌;卢柟没有礼貌,是因为县令姗姗来迟;县令姗姗来迟,是因为适"有他事"。原来,那天县令之所以迟赴卢柟的宴会,乃是因为他让一起盗案给耽搁了。而成为整个事件起因的这起盗案,竟然也是一个因一念怨毒而害人性命的案件。

一个强盗石雪哥硬扳开肉铺的王屠是他的同伙,王屠死也不肯承认。于是县令轮番拷问他俩,"是巳牌时分,夹到日已倒西,两下各执一词,难以定招"。一心想着去卢柟家赴宴的县令，心烦意乱之际，便不免草草结案，"遂依着强盗口词，葫芦提将王屠问成死罪"。却不料造成了一起冤案，顺遂了强盗的心愿。后来临刑之时，强盗才对王屠说出了陷害他的原因。原来当初石雪哥穷得走投无路之际，曾把仅剩的一只破铁锅拿出去变卖。有一个眼睛近视的人已经把铁锅给买下了，却不料王屠无心地多了一句嘴，要那买者仔细看看，莫要买了破的。结果买者果然看出破绽，便不要石雪哥的铁锅了。石雪哥后来做了强盗，又被官府抓住，认定是王屠的那句话使他走上死路的，所以拼了命地扳害王屠。王屠便"只因一句闲言语，断送堂堂六尺躯"。

这是一个典型的因一念怨毒致害人性命的事件。非常具有讽刺意义的是，由于这个案件的审讯的耽搁，造成了另一起因一念怨毒致害人性命的事件；而这另一起因一念怨毒而害人性命的事件的始作俑者，又正是一个理应公正解决这类案件的官吏；而王屠因强盗之一念怨毒而致丧命的误判，又恰恰是县令要赴卢柟的宴会所促成的。在这里，因与果、果与因都纠缠不休，显示了人们之间那剪不断、理还乱的纠葛，从而也就给整个故事添上了一层象征色彩，使我们惊讶于命运所开的玩笑真是太大。

藉了这样一个故事，以及大故事中的小故事，以及大故事与小故事之间错综复杂的实际与隐喻关系，小说家大概想要揭示这样一个道理，那就是人们的一念怨毒，有时候会造成极为严重的恶果；而更使人感到可怕的是，这种一念怨毒的起因，却又往往是极为微不足道的一桩小事或一句闲话。于是漠不相关的路人，便翻成了不共戴天的仇人；客客气气的"佳宾贤主"，便反"变为百世冤家"；人们"放下了怜才敬士之心"，而"顿提起生事害人之念"。小说家在不经意之间，便这样为我们画出了一幅人性深渊的素描。

小隙谁知奇祸连

小说家们对于偶然性在人生中所起的作用深感着迷，这与宿命论的思想一起支配了他们的人生观。偶然性的表现是各式各样的，它们常常可能引起不幸的后果。"作者告诉我们，一瞬间的感情冲动，人类的缺点，甚至是一个愚蠢的玩笑，都会给当事者或其他无辜的人们带来不幸。"①

《错斩崔宁》(《京本通俗小说》第十五卷)的"得胜头回"中所说的"一句戏言，撒漫了一个美官"的故事，便是一个偶然性给人们带来不幸的例子。少年举子魏生中了进士，修了一封家书，差人接取家眷进京。信上略叙寒温及得官之事，后面又写了一句玩笑话："我在京中早晚无人照管，已讨了一个小老婆。专候夫人到京，同享荣华。"夫人接到信后，知道丈夫是在开玩笑，便在回信里，

---

① 刘若愚《中国文学艺术精华》(王镇远译)，第67页。

也写了一句玩笑话,以回敬丈夫:"你在京中娶了一个小老婆,我在家中也嫁了一个小老公,早晚同赴京师也。"丈夫收到回信后,知道夫人也是在开玩笑,一笑置之。不料却被一个朋友看见,传了出去。有人嫉妒魏生少年登科,就借机奏了他一本,说他年少不检,不宜居清要之职,应降处外任。魏生就这样为了一句玩笑话,断送了自己的前程。

《错斩崔宁》的正话所说的"一个官人,也只为酒后一时戏言,断送了堂堂七尺之躯,连累两三个人枉屈害了性命"的故事(也就是后来广为人知的"十五贯"故事),也是一个偶然性给人们带来不幸的例子。穷书生刘贵从丈人家借得十五贯钱,回家后和其妾二姐开玩笑,说因为家里穷,已经把她给卖了,这十五贯钱就是卖她的身价。二姐心怀不安,深夜离家出走。不料刘贵当夜被一个强盗杀死,十五贯钱也被偷去。人们发现二姐不在家中,便赶到通往她娘家的路上去寻找,发现她正与一个名叫崔宁的青年同行,而崔宁身上背的钱正好是十五贯。于是人们怀疑二姐和崔宁通奸杀人,告到官府。官府糊涂断案,把二姐和崔宁都给杀了。就这样为了别人的一句玩笑话,以及其他种种偶然的巧合,二姐和崔宁葬送了自己的性命。

表现类似主题的小说,此外还有好多种。如《沈小官一鸟害七命》(《古今小说》第二十六卷),写围绕着一只画眉鸟儿,怎样夺走了七条人命,反映了"那种将芸芸众生的形象置于偶然支配下的世界中的宿命思想"①。又如《一文钱小隙造奇冤》（《醒世恒言》第三十四卷），写仅仅由于一文钱的小隙，接二连三地发生了好几起凶杀案子，最终演变成了涉及两个省份、死了十三条人命的轰动一时的大案。"相争只为一文钱，小隙谁知奇祸连！"这些小说都因其起因的微小，发动的偶然和结局的可怕，使人留下了深刻的印象。

不过，小说家们的笔触，并不仅仅停留在对偶然性的作用的展示上，而是更深入到了对于人性的弱点的揭露上。毋宁说，比起仅仅强调偶然的巧合来，他们更关心的是人性的弱点怎样使得偶然的巧合发生了负面的作用这一问题。

比如像魏生与其夫人之间的玩笑，在我们看来，实在是无伤大雅。尤其是其夫人的回敬，甚至可以说颇富幽默感——因为过去只有"小老婆"，却无"小老公"。但是别人出于对魏生"少年登高科"的嫉妒心理，却故意把这个玩笑解释成严重的问题，并以此来攻击和陷害魏生，使魏生的前程为之断送。所以仔细推究起来，引起整个事件的，表面上似乎是魏生言行不检点，但实际上却是人们的嫉妒心理。魏生的言行不检点，只不过是人们嫉妒心理的口舌而已。于是，我们在这一故事中所看到的，便不仅是偶然的

---

① 小野四平《中国近世における短篇白話小説の研究》，东京，评论社，1978年版，第53页；小野四平《中国近代白话短篇小说研究》（施小炜、邵毅平等译），上海，上海古籍出版社，1997年版，第45页。

玩笑的害处,而且实在是在这种玩笑面前人性的弱点的曝光。

错斩崔宁的故事也说明了同样的问题。二姐与崔宁的被错斩,表面上看起来是刘官人的一句玩笑,以及种种偶然的巧合引出的后果,但实际上我们却知道这是邻居的愚蠢和官吏的糊涂所造成的。小说家明明指出:"看官听说:这段公事,果然是小娘子与那崔宁谋财害命的时节,他两人须连夜逃走他方,怎的又去邻舍人家借宿一宵? 明早又走到爹娘家去,却被人捉住了? 这段冤枉,仔细可以推详出来。"然而因了人性的愚蠢和糊涂等等弱点,这段冤枉却终于没能推详出来。所以,造成二姐与崔宁被错斩的悲剧的,其实是人性的弱点,而不是一时的戏言,或其他偶然的巧合。小说家之所以劝人们:"善恶无分总丧躯,只因戏语酿灾危。劝君出语须诚实,口舌从来是祸基。"强调的与其说是戏言本身的危险性,倒不如说是戏言可能引起人性的弱点发动的危险性。最根本的当然还是人性的弱点:

> 只因世路窄狭,人心叵测,大道既远,人情万端。熙熙攘攘,都为利来;蚩蚩蠢蠢,皆纳祸去。持身保家,万千反覆。所以古人云:"颦有为颦,笑有为笑。颦笑之间,最宜谨慎。"

这段话清楚不过地说明了小说家对于偶然性使人性的弱点发动,并通过人性的弱点而起负面作用这一现象的认识。

韩南也指出,在《一文钱小隙造奇冤》和《沈小官一鸟害七命》中，人性的弱点对于整个事件起了决定性的作用：
"从结构看，《一文钱》借鉴的却是中期小说的《沈小官》。
《沈小官》是愚行小说，其特点是表现对人性束缚的阴暗观
点。由于人性的束缚，由于愚昧，为爱一只鸟害了七条人
命。《一文钱》与此相类，为了一文钱的争吵，导致了十三
个人的死亡。"①

我们看到，小说家们之所以要讲述这些可怕的故事，
表面上看起来是想表述他们对于偶然性的作用的深刻印
象，但实际上展现的却是人性的弱点在偶然性的考验面前
的曝光。这些可怕的故事向我们显示，正是由于人性的弱
点的发动，偶然性才得以发生负面的作用。正是通过上述
这些极端地富于偶然性的事件，小说家们才能最充分最彻
底地暴露人性的种种弱点。而反过来也可以说，正是为了
更充分更彻底地暴露人性的种种弱点，小说家们才有意识
地利用了上述这些极端地富于偶然性的事件。

在看了这些小说后，令我们感到可怕的是，我们不知
道我们的哪些偶然行为，会促使他人人性的弱点的发动，
从而给我们带来灾难。"善恶无分总丧躯"，这真是令人感
到不知所措的局面。而同样令我们感到可怕的是，我们也
不清楚我们的哪些偶然行为，在我们自以为是维护正义的
时候，已经给别人带来了灾难。在这类情形中，一如在其
他情形中一样，我们往往既是受害者，又是施害者。所谓

---

① 韩南《中国白话小说史》(尹慧珉译)，第131页。

"他人就是地狱","他人"原本也是包括"我们"自己在内
的。

且教他吃我一弹

我们大概都有过诸如此类的破坏行为:摘下一朵鲜
花,踩死一只昆虫,说人一句闲话……从心理学的观点来
看,它们大抵出自我们内心的破坏本能。只是由于它们往
往过于微不足道(这当然只是按照通常的观点来说的),所
以我们往往不把它们当一回事。我们漫不经心地做着这
类事情,做过以后转眼之间也就忘了,或者也许从来就未
曾注意过。

但是,我们也许从来没有想过,这类小小的破坏性举
动,对受到伤害的东西来说,所造成的结果却是不幸的,甚
至是致命的。它们本来并没有惹着我们,却突然遭到了我
们的伤害,破坏了它们原来的宁静生活,这无论如何说不
过去。

而根据奇妙的"能量守恒定律",被伤害者的冤气和怒
气,一定会发泄出来,即使不能直接作用于我们,也会间接
影响到我们。这时也许连我们自己也会感到纳闷,为什么
我们会遭到敌意和不满?这其实起源于我们自己那已经
被遗忘,甚或从未被注意过的破坏性行为。

其实我们往往不仅是这种行为的发出者,也常常是这
种行为的承受者。在我们的一生中,我们会遭到多少这种
来自他人的无意间的伤害啊!各种各样的伤害就像陨石

一样,落在我们那敏感裸露的心灵上,砸出深深浅浅的坑。当我们的心在痛苦流血的时候,人们也许却并未注意到,这些伤害就是他们给予我们的。

《小水湾天狐诒书》(《醒世恒言》第六卷)中的王臣,便因无意间伤害了两只狐狸,而被狐狸们缠得晕头转向,得到了一个很大的教训。

> 王臣贪看山林景致,缓辔而行,不觉天色渐晚。听见茂林中,似有人声。近前看时,原来不是人,却是两个野狐,靠在一株古树上,手执一册文本,指点商确,若有所得,相对谈笑。王臣道:"这孽畜作怪! 不知看的是什么书? 且教他吃我一弹。"按住丝缰,绰起那水磨角靶弹弓,探手向袋中,摸出弹子放上,觑得较亲,弓开如满月,弹去似飞星,叫声:"着!"那二狐正在得意之时,不知林外有人窥看。听得弓弦响,方才抬头观看,那弹早已飞到,不偏不斜,正中执书这狐左目。弃下书,失声噪叫,负痛而逃。那一个狐,却待就地去拾,被王臣也是一弹,打中左腮,放下四足,噪叫逃命。王臣纵马向前,教王福拾起那书来看,都是蝌蚪之文,一字不识。心中想到:"不知是甚言语在上? 把去慢慢访博古者问之。"遂藏在袖中,拨马出林,循大道望都城而来。

狐狸们自看书,你王臣自走路,井水不犯河水,谁也不碍谁,你王臣又何必教它们吃弹子呢! 这便是我们上面所说的出诸内心破坏本能的伤害行为,这种行为只是想要破坏某种与己完全无关的东西而已,却根本不管这种破坏行为会给别人带来什么后果。

狐狸没妨碍王臣,王臣却伤了狐狸,狐狸们看的书对王臣毫无用处,但对狐狸却有价值,所以狐狸们要向王臣报复,要向王臣要回自己的书。于是接下来王臣便饱受狐狸的捉弄,吃够了狐狸的苦头。到了最后不仅书仍被狐狸们骗回,而且家也让狐狸们弄得七颠八倒。真是早知今日,何必当初!后来狐狸化装成王臣兄弟王宰来骗书,还用王宰的口气数落王臣道:

> 这却是你自取,非干野狐之罪。那狐自在林中看书,你是官道行路,两不妨碍,如何却去打他?又夺其书?……况且不识这字,终于无用,要他则甚!今反吃他捉弄得这般光景,却是自取其祸。

这确实是随随便便伤害"他狐"的王臣应受的谴责,所以连小说家最后也批评王臣道:"蛇行虎走各为群,狐有天书狐自珍。家破业荒书又去,世人千载笑王臣。"

这篇小说使我们想起了另一篇巴西小说,尽管时代和写法都相距遥遥,但其中所蕴含的教训却非常相似,这就是卡洛斯·安德拉德的《花·电话·姑娘》。

一个姑娘看见一座坟墓上长着一朵花儿,"她把那朵花儿机械地、不在乎地掐了下来,就像人们看到眼前有一枝花随便折下来一样。她掐了花,拿到鼻子上闻了闻……随后她就把花儿一揉,丢到某个角落,再也没有去想它"。这就像王臣随随便便地给狐狸吃弹子一样。

　　但是自此以后,这个姑娘就不得安宁了,她老是接到同样的电话,是从那朵花儿所在的坟墓里打来的。电话中的声音要求她还回那朵花儿,而且只要原来的那朵花儿,别的什么花儿都不行。"但是那个'声音'并不接受安慰或礼物。任何别的花都不行,只有那朵细小的、被揉坏、遗忘的、在尘土里滚过的、已经不存在的花儿才能使它满意。别的花儿是从别的地方来的,不是从它的坟墓上生出的。"这就像狐狸们缠着王臣,要讨回他们的天书一样。

　　但是天书还能要回,但那朵花儿却永远无法复生,所以那个要求的"声音",显然是在做一桩不可能实现的事情,在这一点上它远不如狐狸们幸运。"无论如何,在恳求声里包含着一种令人心碎的痛苦,一种不幸。这种不幸使人忘记了它的残酷性,使人深思:甚至连邪恶也会是痛苦的。这是不可理解的;可至此也只能做这样的解释。某个人不停地要求某朵花儿,可是那朵花儿已经不复存在,不可能再还给他。难道这不是一件绝对没有希望的事吗?"

　　因为狐狸们最终要回了天书,所以尽管王臣弄得"家破业荒",但是生命还是安然无虞;但因为那朵花儿已经不复存在,所以那个摘花的姑娘,也就只能被缠得至死方休了。"几个月之后,那个姑娘就心力衰竭死去了。""从此以后,那个恳求的声音也就消失了。"这个姑娘无意间的破坏行为,不仅残酷地伤害了别人,最终也使自己付出了生命的代价。

　　狐狸当然不会变化骗人,坟墓里也不会打出电话。小说家们编造这类故事，只不过是要用超现实的形式，来引起我们对于自己出自破坏本能的随意伤害行为的注意，哪怕我们所伤害的仅仅是一对狐狸或一朵野花。说起来，那奇异的超现实色彩，原本也只是现实之光的折射呵！

水能载舟，亦能覆舟

1797 年 12 月 10 日，巴黎群众夹道欢迎凯旋的拿破仑。面对热烈欢呼的群众，拿破仑却说出了这样煞风景的话来："假如把我送上断头台的话，人民也会这样快地跑来看热闹的。"(叶·维·塔尔列《拿破仑传》)这句话不仅显示了不被胜利冲昏头脑的拿破仑过人的冷静，也显示了他作为一个统治者对于公众舆论的力量与性质的清醒认识。

众所周知，魏徵劝谏唐太宗时，也曾以"君，舟也；人，水也。水能载舟，亦能覆舟"的古语，说明人心的向背之可畏(《贞观政要》卷一《政体第二》)。

无论是拿破仑还是魏徵，他们都看到了公众舆论的力量之强大，以及其不顾"舟"的命运的盲目性质。就此而言，"水能载舟，亦能覆舟"的比喻，的确是够形象够生动的，很能说明公众舆论的性质与力量。公众舆论的力量，体现在它既能载舟亦能覆舟上；公众舆论的性质，体现在它忽而载舟忽而覆舟上。

在很多古代小说里，如果我们留心一下，可以隐隐约约地看到"水"、亦即是公众舆论的存在。"水"的构成是各式各样的，或是"众人"，或是"邻舍们"，但它们无疑都具有类似的既能载舟,亦能覆舟,以及忽而载舟,忽而覆舟的力量和性质。

公众舆论常常充当主持公道的角色。在这种时候,它常常站在正面人物一边,对反面人物构成一种强有力的威胁。这时它既在一定程度上代表了小说家们的倾向性,也在一定程度上满足了读者对于正义与公道的要求。

比如在《杜十娘怒沉百宝箱》(《警世通言》第三十二卷)里,当看到杜十娘为李甲的负心而自沉时,公众舆论充当了正义的化身:"于是众人聚观者,无不流涕,都唾骂李公子负心薄幸。""当时旁观之人,皆咬牙切齿,争欲拳殴李甲和那孙富。"在《王娇鸾百年长恨》(《警世通言》第三十四卷)里,当吴江县令判处负心的周廷章死刑时,公众舆论又充当了正义的化身:"满城人无不称快!"

在这两个故事里,公众舆论都站在了正面人物一边,令人感到是靠得住的,主持公道的。

但是在另外一些场合,公众舆论也常常会充当助桀为虐的角色。在这种时候,它常常是站在反面人物一边,对正面人物构成一种很可怕的威胁。这时它往往成为小说家所谴责的力量,也成为让读者感到寒心的东西。

在《错斩崔宁》(《京本通俗小说》第十五卷)里,公众舆论就起了一种颠倒黑白、混淆是非的作用。当刘官人被杀,十五贯被盗后,赶到路上去抓小娘子和崔宁的,是众人;当刘官人丈人和大娘子怀疑小娘子和崔宁是凶手时,帮忙坐实嫌疑的,也是众人;帮着把小娘子和崔宁揪到临安府见官的，又是众人；当府尹糊涂，认定小娘子和崔宁有罪时，一起作干证（其实是伪证）、从而使府尹更自信其误判的，又是众人；最后小娘子与崔宁屈打成招，被判死刑，在供状上画十字作证的，又是众人。在这起冤案中，"众人"始终充当了促成冤案的负面角色。但是尤为使人感到可怕的是，众人并不是出于对小娘子和崔宁的什么私仇，而完全是出于捍卫法治与惩治恶人的公愤，而积极将小娘子和崔宁送上死路的。

在这里，公众舆论所扮演的角色，与在《杜十娘怒沉百宝箱》和《王娇鸾百年长恨》中的完全不同，但它们在内在精神上却有某种共同性。而正是在这种忽而主持公道，忽而陷害无辜的对比中，我们看出了公众舆论的可怕性与盲目性。

无论是"载舟"还是"覆舟"，都不过是同样的水；无论是主持公道还是陷害无辜，都不过是同样的公众舆论。通过以上这些故事，小说家们向我们揭示了一个残酷的事实：公众舆论既可以促成好事，也可以促成坏事；它具有可怕的力量，也具有盲目的性质。那种从统治者的立场出发，一味地禁止公众舆论的做法固然是不对的；而那种唯公众舆论之马首是瞻，制造公众舆论永远正确的神话的做法也是可疑的。"公众在气质上是专横的；一般的公道，当过分作为一种权利来要求的时候，人们就会拒绝的；但是如果按照一般暴君所喜欢的那样，完全听凭他们的宽宏大量，倒时常可以得到超过普通应得的报偿。"（霍桑《红字》）

我们不会忘了《红字》中包围着通奸者们的那种公众舆论的可怕与专横。正是通过对于公众舆论的多重侧面的描写,小说家们为我们揭示了以集体面貌呈现出来的人性之复杂性。

第九章 人际的宿命

父母的悲哀

在中国人所重视的各种人伦关系中,亲子关系无疑是最为重要的一种。中国人极为重视子嗣,在他们身上寄托了三大重任:"世间子嗣一节,是人生第一桩大事:祖宗血食要他绵,自己终身要他养,一生挣来的家业要他承受。"(《无声戏》第十一回《儿孙弃骸骨僮仆奔丧》)也许没有什么民族是不重视子嗣的,但是像中国人这样重视的却也少见。

但是一面是对于子嗣的极度重视,另一面却是对于子嗣的强烈失望,这种看起来不可思议的对立,却并存于中国人的心目之中。《红楼梦》里著名的《好了歌》唱道:"世人都晓神仙好,只有儿孙忘不了。痴心父母古来多,孝顺儿孙谁见了?"小说家也曾经失望地指出:"至于生子生孙,就是下一辈事,十分周全不得了。常言道得好:'儿孙自有儿孙福,莫与儿孙作马牛。'"(《警世通言》第二卷《庄子休鼓盆成大道》)这两句"常言"不知起于何时,却无疑是被引用得最多的"常言"之一。这表明了这样一个事实,即对于子嗣的失望,与对于子嗣的重视一样,乃是一种普遍存在的心理。

在中国古代的小说中,经常可以看到对于子嗣感到失望的主题。正如其标题便已显示出来的那样,《儿孙弃骸骨僮仆奔丧》讲述了一个颠倒的故事:在一个商人病重垂危之际,他的子孙只顾抢夺遗产,相反倒是僮仆为他安排了后事。这是古今东西的文学中屡见不鲜的主题,它表明了在一个金钱世界里,子嗣对于金钱的兴趣往往要远过于对于父母的感情。这当然是人们对于子嗣感到失望的一个重要原因。

在这篇小说的入话中,作者以一个颇具象征性的故事,点明了如上所述的主题。有两个老者是好朋友,其中一个老者把家业尽数分给两个儿子,希望他们能够轮流供养他。"不想两位令郎都不孝,一味要做人家,不顾爷娘死活,成年不动酒,论月不开荤,那老儿不上几月,熬得骨瘦如柴。"而另一个老者虽然没有子息,可是却每日吃得好好的。他的养老之道是:"银子就是儿子了,天下的儿子,那里还有孝顺似他的? 要酒就是酒,要肉就是肉,不用心焦,不消催促,何等体心!"在儿子与银子这种貌似滑稽的对比中,流露出了小说家那对于子嗣的强烈的失望之感。

然而,如果把父母对于子嗣的失望之感仅仅理解为经济利害的冲突,则还是没有完全说明这种失望的深度。在亲子关系中,无疑存在着两个非常不同而又互相联系的侧面。亲子关系是以血缘为纽带的,正如人们常说的,"血浓于水"，在人们的心目中，这种关系应是最亲密的；但是与此同时，即使是以血缘为纽带的亲子关系，也一如其他的人际关系那样，在亲子之间仍然横亘着一条人际的鸿沟，使得父母与子嗣成为各自独立的个人。父母对于子嗣的重视，往往是出于血缘纽带的联结；而父母对于子嗣的失望，则恰恰是来源于人际鸿沟的隔绝。父母越是对于血缘纽带信之过深，便越是会对人际鸿沟失望加甚。

进一步说，由于父母经历了养育子嗣的全部过程，而子嗣则对于自己人生的最早同时也是最重要阶段一无所知，所以也许血缘纽带在父母的心目中要比在子嗣的心目中强韧得多。这种不对等的感情关系，也是促成父母对于子嗣易感失望的一个重要原因。在亲子关系中常见的那种一边倒式的不平衡，也就是父母对子嗣一往情深，而子嗣对父母却未必如此的情形，便正是这种不对等的感情关系的表现之一。都德的《老人》，便令人心碎地表现了这种不对等的感情关系(尽管其中所写为祖父母与孙儿的关系)。

由于至少是以上两种因素的作用，父母对于子嗣的失望，几乎是亲子关系中一种必然的现象。从上述小说中的那种极端的失望，到一般人潜伏在心底的隐隐的失望，其实都起源于同样的原因，而构成了同一链条上的不同环节。

这种父母对于子嗣的失望，也可以说是一种寄托者对于被寄托者的失望。"假如你要把自己寄托在另一个人的身上,那么不管你们之间联系是如何牢固,他的感觉总不能跟你相同。于是你这个把生命寄托于别人的人就会经历一种状态,古代的日本人称之为'心灵的黑暗',而日本人原来用以描述父母之爱的悲哀。"(斯诺《新人》)相反地,子嗣对父母未必有什么寄托,所以他们也就不容易产生类似父母对子嗣的那种失望。

传统观念对于"孝道"的强调,其实正是为了修正亲子关系中感情关系的不平衡不对等状态;而"孝道"的重视父亲甚于母亲,除了是父权制社会的必然现象外,似乎也与比起父亲来,母亲较容易受到感情的回报这一点不无关系。

但是,"孝道"的强调同时也暗示了其勉强性(凡是需要提倡的东西总是具有某种程度的勉强性,正如《老子》第十八章所说的,"六亲不和,有孝慈"),而且它也过分依赖于子嗣方面的道德意识,所以在实际的亲子关系中,它仍不足以减轻父母的悲哀。

于是小说家们转而乞灵于个人主义哲学,开出了另一帖"莫与儿孙做马牛"的药方。这帖药方听上去不大顺耳,颇具利己主义色彩,但是对于预先控制父母对于子嗣的失望,或者稍稍慰藉父母对于子嗣的悲哀,也许要比一厢情愿地相信"孝道"更有用一些。

然而即使这样,父母要在亲子之爱与个人主义之间保持平衡,却也并非是一件容易做到的事。这也就是小说家们时而这么说,时而那么说的原因之所在。这也从一个侧面显示了亲子关系的复杂实态。

子女的悲哀

对于子女的爱得不到希望得到的回报,这构成了父母的悲哀;而对于子女的爱的分配不公,则构成了子女的悲哀。

爱的分配不公,与可供分配的爱的总量没有什么必然的联系。如果父母爱一个孩子十分,而爱另一个孩子九分,则在那个只得到九分爱的孩子看来,他便成了一个世界上最不幸的人,因为他总是只注意那没有得到的一分爱,而不注意那已经得到的九分爱;如果他们都得到了九分爱,则他们也就会觉得自己很幸福,从而也就毫无不平之意了。"不患贫而患不均"(《论语·季氏》)的社会心理,在这里也是完全起作用的。分配不公的爱,使本来有的爱也失去了其意义与价值。

而且和一般的社会财富的分配不公不同,父母之爱的分配不公所引起的子女的悲哀,几乎是一种无可解脱的悲哀。在社会财富分配不公时,人们可以通过改变这个社会,或者通过改变自己个人,来解脱自己的悲哀;但是当父母之爱分配不公时,子女却无法通过撤换他们的父母,或者通过改变自己个人,来解脱自己的悲哀。这是因为个人与社会的关系是契约的,而子女与父母的关系却是宿命的。即使父母之爱分配不公,子女也无法与父母完全决裂,却只能寄希望于父母的回心转意。可这有时候几乎是一种近乎绝望的希望,一种近乎徒劳的努力。

正如社会财富的分配不公会引起社会的动乱一样,父母之爱的分配不公也常会引起家庭内部的战争。那些受到忽视的子女,常会因为嫉妒、仇恨乃至绝望,而变得暴躁、好斗甚至残忍起来。幸福使人高尚,而不幸使人堕落,事情几乎总是如此。然而不幸的是,暴躁、好斗乃至残忍的结果,几乎总是不仅不能使得父母回心转意,而且反而会把他们推得更远;而这样就会引起更严重的暴躁、好斗乃至残忍。于是这样恶性循环的结果,常常会引起极为严重的后果。

《左传》是中国最早的历史著作之一,也是中国最早的叙事文学作品之一。其第一年(鲁隐公元年,前722年)记载的第一个完整的故事"郑伯克段于鄢",就正是一个表现因父母之爱分配不公而引起严重后果的主题的故事,这颇使人感到意味深长。这个故事二千多年来不断地被收入各种文学选本之中,因而也可以说是中国最广为人知的故事之一。

故事的主要情节人们一定还记忆犹新:郑武公夫人姜氏喜欢共叔段这个小儿子,而不喜欢郑庄公这个大儿子。共叔段恃宠谋反,结果被郑庄公赶走。姜氏为失去心爱的小儿子而伤心欲绝,但最后却不得不承认了郑庄公这个大儿子。郑庄公最初非常恨母亲,但最终也与母亲和好如初。

一母二子构成的典型的三角亲子关系,是一种容易引起爱的分配不公,并因此而引起家庭战争的关系。由于姜氏的爱的分配不公,造成了两个儿子之间的仇恨,最终使其中一个赶走了另一个。共叔段虽然是母亲的宠儿,却因此而成了哥哥的仇敌,并因此而无立足之地。郑庄公因受到母亲的忽视,而仇视受到母亲偏爱的弟弟,虽说他终于赶走了弟弟,但他心里无疑也阴暗无比。最后姜氏与郑庄公言归于好,正是随着共叔段的被赶走,原先导致不和的三角亲子关系消失的结果。

长期以来,人们一直认为郑庄公是一个城府很深的暴君,但是现代的观点却倾向于理解并同情他的苦恼。如王靖宇曾指出:"尤其是他对母亲的处置,在我看来,不仅没有表现出他的虚伪,反而显示了他那带有错综复杂品质的真正的人性。郑庄公是我在《左传》中看到的写得最真实可信的人物之一。"[①]柯庆明也曾经仔细地分析过这个故事中因爱的分配不公而引起的亲子关系的危机及其重建的过程[②]。

父母之爱的分配不公所造成的问题,也成了后来很多小说的明显或潜在的主题。在《张廷秀逃生救父》(《醒世恒言》第二十卷)中,我们便可看到父母之爱的分配不公所引起的或至少是促成的一场灾难。

---

① 王靖宇《〈左传〉与传统小说论集》,北京,北京大学出版社,1989年版,第34页。

② 柯庆明《试论两篇儒家小说——〈郑伯克段于鄢〉、〈渔父〉》,载柯庆明、林明德主编《中国古典文学研究丛刊——小说之部(一)》,台北,巨流图书公司,1979年版,第14～25页。

　　富有的王员外有两个女儿,老夫妻俩比较喜欢小女儿,而不太喜欢大女儿:"次女玉姐,年方一十四岁,未曾许字,生的人物聪明,姿容端正,王员外夫妻钟爱犹胜过长女。"受到忽视的大女儿在结婚之后,自然就把心移到了丈夫身上,串通丈夫一起,与父母和妹子作对:"一心只向着老公。见父母喜爱妹子,恐怕也招个女婿,分了家私,好生妒忌。"这就引起了老夫妻俩的更大不满:"譬如瑞姐,自与他做亲之后,一心只向着丈夫,把你我便撇在脑后,何尝记挂父母,着些疼痛?"于是更加喜欢小女儿,并且爱屋及乌,连女婿也是喜欢小的,而不喜欢大的。这又使得大女婿大吃其醋,加上他本来就比较贪婪,于是就设计陷害小女婿,把小女婿弄得家破人亡,连小女儿也差点上吊自尽。在陷害小女婿成功以后,大女儿大女婿似乎重新得到了父母的宠爱:"赵昂见了丈人,马前健假殷勤,随风倒舵,掇臀捧屁,取他的欢心。王员外又为玉姐要守着廷秀,触恼了性子,到爱着赵昂夫妇小心热闹,每事言听计从。"虽然结局是小女儿小女婿否极泰来,大女儿大女婿罪有应得,但两个家庭在这场家庭战争中已经大伤元气。尽管在整个事件中,经济利益的争夺是直接因素,但不可否认,父母之爱的分配不公也起了极为重要的推波助澜作用。在这个故事里,我们可以发现与"郑伯克段于鄢"相似的原型。

　　在写作或阅读上述这类故事时,作者和读者的感情,往往也会不由自主地倾向于父母偏爱的子女一方。这是毫不奇怪的,因为受到父母偏爱的子女一方,常常会因此

而显得较为可爱；而受到父母忽视的子女一方，常常会因此而变得令人讨厌。但是我们应该知道，在这些受到忽视的子女的心灵中，常常有着因受到忽视而造成的巨大的空虚与阴影。从人性的角度来看，他们毋宁说也是值得同情的。上述这类小说的描写实际，也许可以增加我们对他们的了解。

正如我们在以上小说中所看到的，父母之爱的分配不公所引起的，常常不仅是受到忽视的子女一方的悲剧，而且也是整个家庭的悲剧，尤其是受到偏爱的子女一方的悲剧。因为父母的偏爱，使他们成为仇恨的对象，从而反而害了他们。"人之爱子，罕亦能均，自古及今，此弊多矣。贤俊者自可赏爱，顽鲁者亦当矜怜。有偏宠者，虽欲以厚之，更所以祸之。"（《颜氏家训·教子》）

如果做父母的能够明白这些道理，则也许可以减少此类悲剧的发生。但是父母也是人，是人就有人性的弱点，就难免受到感情的支配。从而子女的悲哀也就不会消失，家庭的战争也就不可避免。

夫妇的悲哀

在中国古代的短篇小说中，《庄子休鼓盆成大道》（《警世通言》第二卷）是最早也最多地被译成东西各种文字的之一。在都贺庭钟的《英草纸》中，它被翻案为《黑川源太主入山而得道之话》；在伏尔泰的哲理小说《查第格》中，也采入了这个故事（《鼻子》）。

这篇小说之所以如此风靡东西,恐怕和其中表达了"男人的悲哀"这样一种心理不无关系。我们一定还记得《红楼梦》里那首著名的《好了歌》,其中有一节便表现了这种"男人的悲哀":"世人都晓神仙好,唯有娇妻忘不了。君生日日说恩情,君死又随人去了。"如果简单地下定义的话,那么所谓"男人的悲哀"就是这样一种东西:男人希望妻子对于自己的爱情能够在自己死后也继续维持下去,但是他们绝望地发觉这几乎是不可能的,于是为此而感到了无可奈何的悲哀,并因而也怀疑起现世妻子对于自己的爱情来。《庄子休鼓盆成大道》便是表现这种"男人的悲哀"的典型之作。

话说庄子原先已学得老子的清静无为之术,把荣辱毁誉看得如同行云流水,丝毫不在心上;唯有于夫妇一头上,还没有完全想开,所以与现任妻子田氏,却也如鱼得水,相爱甚笃。

有一天庄子外出,看见一年少戴孝妇人,在用力扇一堆封土未干的新坟。庄子怪而发问,才知道坟中所埋,乃此妇人之故夫,生前恩爱,死不能舍,留下遗言,要她至少等他坟土干了以后才改嫁。可是现在妇人急于改嫁,因见新坟之土不易就干,故用力扇坟。

作为一个男人的庄子,因为此事而大受震动,宛如英国人所说的发现了壁橱里的骷髅。回家以后,他把所见之事告诉了田氏。田氏听罢,大骂那妇人不贞。庄子却在旁冷言讥嘲道:"生前个个说恩深,死后人人欲扇坟。"田氏赌咒发誓说,如果庄子死了,她一定"烈女不更二夫"。

不料过了几天,庄子果然一命呜呼。田氏开始想着庄子生前夫妇恩爱,也如痴如醉、寝食都废了好几天。可是不久,有一个自称是庄子门生的少年秀士楚王孙前来吊丧,田氏见了这个少年秀士,不觉芳心大动。不久终于如愿以偿,与楚王孙重结秦晋。

不料成亲之夕,楚王孙心痛病复发,说要吃刚死之人的脑子才能痊愈。田氏救楚王孙心切,便自告奋勇去劈庄子之棺,欲取庄子的脑子。不料劈开棺材,却见庄子坐了起来——原来这一切都是庄子设下的骗局,目的是要借此试探田氏的真情。田氏由于经不起"考验",自觉无脸见人,于是悬梁自尽。

庄子用瓦盆伴奏,唱了一支歌曲,诉说了一通"男人的悲哀",然后一把火烧了房子,云游四方,终身不再娶妻。

这个故事无疑是男性中心社会的产物,所以开明的现代读者,尤其是女性读者,也许不一定会喜欢它。人们也会与田氏一样地质问庄子:"似你这般没仁没义的,死了一个,又讨一个,出了一个,又纳一个。"自己娶过三任太太,却不愿意自己死后妻子改嫁,这不是典型的大男子主义和男女不平等意识又是什么?

而且,从现代观点来看,那个扇坟的妇人,还有庄子的妻子田氏,她们在丈夫生前爱着丈夫,在丈夫死后又爱上别人,这也是极为自然和符合人性之事,并不能因此就受到"不贞"的指责。

　　要说田氏在庄子生前大骂扇坟妇人,还赌咒发誓说要"不更二夫",在庄子死后却顿忘誓言,这其实也是男性中心社会的道德观念逼出来的行为(有强迫就有谎言),不能因此而指责田氏是一个言而无信的小人。而且,我们的一切誓言,都基于发誓时的具体环境,一旦情况有所变化,则原先所发的誓言也会显得过时,这时就没有理由硬要人家坐守语言的牢笼。所谓"大人者,言不必信,行不必果,惟义所在"(《孟子·离娄下》),说的便是这么一个意思。田氏的赌咒发誓,只表明她当时爱着丈夫,但是当丈夫死了,她又爱上别人后,这个誓言当然就不起作用,毫无意义了,没有理由一定要她活人守死誓。

　　至于田氏要劈棺取脑,看起来残忍了一点,但其实庄子人已死了,要脑子也无用,还不如捐献出来,尚可以挽救一个活人。

　　而庄子的做法,相比之下却反而应受批评了。他不应该要求妻子做她做不到的事,更不应该设下骗局试探妻子,弄得妻子含羞上吊,而他自己也大失面子。

　　所有以上这些看法,都是在阅读这篇小说时,现代读者有可能提出来的。这显示了我们的时代比起庄子的时代,更准确地说是比起这篇小说产生和流行的时代,要进步合理得多。

　　但是,在这篇小说中也有那么一种东西,却并不随着时代的变迁而过时,而是仍能打动现代读者的心灵,这就是所谓的"男人的悲哀"这种东西。

毋庸讳言,在"男人的悲哀"中,无疑也杂有男性中心的偏见。但是剔除了这种偏见以后,"男人的悲哀"其实还是存在的,而且似乎反而更加深了一些。

这是因为在某种意义上,"男人的悲哀"乃是性爱关系发展的产物。在较早的时候,人们更重视血缘关系,而不是性爱关系。《诗经》里便唱道:"宴尔新昏,如兄如弟。"(《邶风·谷风》)这种比方在后人看来大概是不可思议的。《左传》(桓公十五年)里有一个故事,说祭仲专权,郑桓公感到头疼,于是派祭仲的女婿雍纠去杀祭仲。祭仲的女儿、雍纠的妻子雍姬知道此事后,感到非常为难,因为如果不告诉父亲,则父亲有性命之虞,如果告诉父亲,则丈夫有性命之虞。犹豫之下,她去征求母亲的意见:"父与夫孰亲?"她的母亲回答说:"人尽夫也,父一而已,胡可比也!"于是雍姬决定告诉父亲,祭仲先发制人,杀了雍纠。这也说明在当时的观念中,血缘关系的重要程度要超过性爱关系。

但是社会越是向前发展,性爱关系就越是受到重视,最终则总要超过血缘关系。虽说在保守的观念中,性爱关系还是比不上血缘关系重要:"且如父子天性,兄弟手足,这是一本连枝,割不断的……若论到夫妇,虽说是红线缠腰,赤绳系足,到底是剜肉粘肤,可离可合。"但在现实生活中,人们的实际表现,却早已证明了相反的事实:"近世人情恶薄,父子兄弟到也平常,儿孙虽是疼痛,总比不得夫妇之情。他溺的是闺中之爱,听的是枕上之言。"(《庄子休鼓

盆成大道》)《好了歌》也指出："世人都晓神仙好,唯有姣妻
忘不了。"

随着性爱关系的发展,夫妇感情的增进,对于感情独
占的要求便也开始强化,甚至于向死后延伸(这当然也和
人性的本质有关,可参看本书第二章《严监生临死之时伸
着两个指头》篇)。而当发现不可能做到这一点时,其失望
也就不可避免,其悲哀也就必然发生。而且可以说,性爱
关系越是发展,感情独占的要求便也就越是强烈,其要求
便也就越是难以满足,其失望便也就越是深刻,其悲哀便
也就越是浓重。

我们看到,无论是在庄子的故事中,抑是在故事前的
插曲中,两对夫妇原来都是非常恩爱的,因而丈夫才会对
妻子提出死后继续保持感情的要求。而答应了这种要求
的妻子,在丈夫死后马上"变心",便尤其让其丈夫感到失
望与"寒心"。如果连真心相爱的妻子都"靠不住"的话,那
么其他"等而下之"的女人就更不用说了。在上述小说中,
无疑包含着这样一种想法。

这么说来,所谓"男人的悲哀",便不仅是一个男性中
心的问题,而且也是一个"感情独占"的问题了。因而,这
种悲哀也许不仅不会随着男性中心社会的消失而消失,而
且也许反而会随着性爱关系的发展而进一步增强。

在这一意义上,与"男人的悲哀"相对的"女人的悲
哀",便也自然会出现在我们的视线之中。"感情独占"的
要求,在一个男女平等而性爱自由的社会里,原本是男女

双方所共同具有的。于是那曾经在男人的心里发生过的一切——要求、失望、悲哀——便也会在女人的心里发生。女人也会同样要求那爱着自己的男人,在自己死后继续爱着自己;而一想到男人更不可能做到这一点,便也会产生深深的失望和悲哀。在田氏对庄子的质问中,这种悲哀已初露端倪。如果她生活在现代,便同样会产生"女人的悲哀"。

超越于这种"男人的悲哀"与"女人的悲哀"之上的,其实正是"性爱的悲哀"或"夫妇的悲哀"(我们这里姑且把这二者看作是一回事)。性爱关系或者夫妇关系,是相爱的男女的结合。但是其中一方的死去,却将使这种关系解除。这是相爱的男女所不愿意想象,也不愿意看到的,却似乎是必然的结局。"夫妻本是同林鸟,大限来时各自飞。"于是人们也就感觉到,在性爱关系或者夫妇关系中,由于生命本身的孤立性质,也存在着一条难以跨越的宿命性鸿沟。劳伦斯说过:"爱不是根,它只是个分枝,根远远不是爱,而是一种赤裸裸的孤独,一种孤独的自我。这些孤独的自我不会相遇,不会混合,永远也不能。""在你心中,在我心中,都有一块鞭长莫及的地方,这块地方超过了爱的势力范围,就像某些星星超越了视线范围一样——最终是没有爱的。"(《恋爱中的女人》)这就会使人们产生"性爱的悲哀"或"夫妇的悲哀"。

我们以上所说的"男人的悲哀"、"女人的悲哀",乃至"性爱的悲哀"或"夫妇的悲哀",其实都潜藏在《庄子休鼓盆成大道》这类小说陈腐的外衣下面,这就是这类小说尚具有现代意义,且尚能够感动现代读者的原因。其中许多陈腐的观念会消失,但这种人性的意蕴却不会消失。

作为一个例证,我们想再提一下伏尔泰。他是一个资产阶级启蒙思想家,但是他却利用《庄子休鼓盆成大道》这篇产生于前资本主义社会的小说,来攻击当时法国贵族社会的道德沦丧。这说明这篇小说潜在的人性意蕴具有超越其所由产生的时代与环境的力量。

小说家们曾为这种种悲哀开过一些药方,诸如不要对性爱关系过于执著,"从第一着迷处,把这念头放淡下来","割断迷情,逍遥自在"(这类药方当然也适用于其他人际关系的场合)。但是其实只要性爱关系继续存在,则这种种悲哀便将继续存在,顶多只能稍稍缓解一下,却不能把它们永久消除。因为人不可能没有爱心,也不可能没有爱情。

这就是人的困境之一。人总要执著于什么东西,但执著太甚则必生失望,失望既多则必求解脱,解脱已久则必有空虚,空虚既深则必重生希望,希望既大则必致重新执著……循环往复,无有已时。完全的执著既不可能,彻底的解脱又做不到,人们便只能在这两端之间彷徨。"暂时的爱不值得花费力气,而永久的爱又不可能。"于是人们也就只能永远无所适从了。

朋友的悲哀

东西汉学家们都注意到了,中国文学中同时存在着一个表现友谊的传统,这一传统甚至比表现爱情的传统更为强大。友谊的主题不仅大量出现在中国古代的诗歌里,也大量出现在中国古代的小说中。我们看到很多优秀的小说,都描写了朋友之间的深厚友谊;同时,作为其必然的对立面,也常常描写对于友谊的背叛行为。友谊以及对于友谊的背叛,可以说是自《诗经》以来的中国文学——包括诗歌与小说——最重要的主题之一,也是最受东西汉学家们注意的主题之一。

但是,人们也许过于关注歌颂友谊或谴责对于友谊的背叛的主题,却未曾注意过"朋友的悲哀"这一心理现象的存在。就像其他人际关系一样,因了人类存在的孤立性质,也就是人际的隔绝状态,即使在那友情最为深厚的朋友之间,也无法做到彻底的交融。也就是说,正如两性关系或血缘关系一样,朋友关系也无法彻底消除人际的隔绝状态。这就产生了所谓的"朋友的悲哀"。这种"朋友的悲哀",比起一般的对友谊的背叛来,应该说更深刻地揭示了人类生存的本质。

作为人际隔绝状态的表现之一的"朋友的悲哀",曾在现代主义小说中受到过深刻的反映,也为诸如存在主义这样的现代主义哲学提供过例证。中国古代的小说家们,尚达不到这种高度,但是他们那对于人性的敏锐感悟,却也促使他们采用某种间接的方式表现这一主题。

在《羊角哀舍命全交》(《古今小说》第七卷)和《范巨卿鸡黍死生交》(《古今小说》第十六卷)等讲述催人泪下的友

谊故事的小说中,我们都发现了一个共同的现象,那就是这些小说中的主人公们的高尚友谊,无不是通过对于生命的超越而获得的。比如在《羊角哀舍命全交》中,先是左伯桃为成全羊角哀之事而主动舍弃生命,而后又是羊角哀为帮助左伯桃之魂而主动舍弃生命。正如小说的标题所显示的,他们是一对"舍命全交"的朋友。在《范巨卿鸡黍死生交》中,范巨卿与张元伯的友谊也具有同样的性质。先是范巨卿为了践履与张元伯的约会而自刎身死,而后张元伯又为能与范巨卿葬在一起而自刎身死。他们之间的友谊,也正如小说标题所显示的,是"死生"之交。为了达成高尚的友谊,这些小说中的主人公们不惜主动舍弃宝贵的生命。这种对于友谊的激烈态度,往往使得读者深受震动。

然而在这种激烈态度的背后,不会不隐藏着小说家的苦心。我们知道,至少是《范巨卿鸡黍死生交》这篇小说,其原始素材中并无诸如此类的激烈内容。无论是在《后汉书·独行传》之类史传中,抑是在《搜神记》这样的志怪中,范巨卿和张元伯都未曾采取任何激烈的行动。在那些文献中,范巨卿是本人而不是鬼魂,来践履与张元伯的鸡黍之约的;后来张元伯去世(而不是范巨卿去世),范巨卿也不过是千里送葬,为修墓树而已,也并没有以死相报。由此看来,小说中的激烈行动,乃是小说家自己的创造。

韩南通过与元杂剧的比较,也指出了同样的事实:"集子里最好的小说《生死交》,却与同名的元代戏剧有极大差异。一位朋友因守信而自杀、另一位朋友以自杀相回报的情节,是这篇小说所独有的。这样改动后就和它的对应篇《羊角哀》的主题一致了。由此看来,这两个情节是作者自己的创造。"①

小说家之所以创造这种激烈的情节,也许在一定程度上受到了原始素材的影响,因为其中张元伯称范巨卿为"死友",而称其他朋友为"生友";同时似乎也如韩南所说的,是为了与《羊角哀舍命全交》的主题相配合。但不管怎么说,可以认为主要还是那种超越生命的友谊的主题,深深地迷住了小说家的心灵。

这种主题也许也迷住了上田秋成,在他的《菊花之约》(《雨月物语》卷一)中,他采用了这个故事,仅对一处作了改动:范巨卿这个角色的日本版赤穴,是因为受到软禁而不能及时前去赴约的,而不是像在原作中那样,是因为忙于糊口忘了约会而没有前去赴约的。这被学者们看作是一个弥补了原作之"漏洞"的高明的改动,但是我们却认为它稍稍削弱了原作中那种人性的真实感与努力的人为性。

然而小说家为什么要让他的人物为了友谊而做出主动舍弃生命的激烈行为呢?我们认为这正是因为他们想要表达他们对于所谓"朋友的悲哀"的认识。

一般的友谊,往往连利害关系也很难超越。"要是不借钱的话,神圣的友情是那么地融洽、稳固、忠诚、持久,会

---

① 韩南《中国白话小说史》(尹慧珉译),第 59 页。

终身不渝。"(马克·吐温《傻瓜威尔逊》)而即使在比较好的朋友之间，也需要作出种种近似虚伪的努力。"甚至在最好的、最友爱的、最单纯的关系中，阿谀或称赞也是不可少的，正如同要使轮子转得滑溜，膏油是不可少的。"(托尔斯泰《战争与和平》)

但是对于真正高尚的友谊来说，唯一的困难却只来自于人际的隔绝状态，也就是人类存在的孤立性质。这种人际的隔绝状态或存在的孤立性质，乃是与生俱来，而又随死亡同去的。因此就出现了一种似乎很奇怪的悖论：友谊的要求产生自存在的孤立性质，但友谊的最后障碍也恰恰来自存在的孤立性质。"朋友的悲哀"便是由此产生的。只要生命存在，它就无法消除。

这种在现实生活中无法解决的宿命，小说家却试图让它在文学中获得想象的解决。于是他们笔下的主人公们，便纷纷通过主动舍弃生命，而获得了对于"朋友的悲哀"的超越。小说家们似乎是要告诉我们，只有死亡才能最终消除"朋友的悲哀"，填平朋友间的最后那道鸿沟。

不过，小说家对于友谊所作的这种激烈的表现，同时似乎也具有了另外一层含义：既然在现实生活之中，人们大都异常看重自己的生命，而"朋友的悲哀"的消除，却要靠舍弃生命才能获得，那么由此也就说明，"朋友的悲哀"其实最终是无法消除的。而消除它的唯一途径，似乎也就只能存在于文学之中了。上述这类小说催人泪下效果的获得，也正可以从这里寻得其原因。

为什么杜十娘有了百宝箱还要自沉

《杜十娘怒沉百宝箱》(《警世通言》第三十二卷)里的杜十娘,"风尘数年,私有所积……箱中韫藏百宝,不下万金",在遭到李甲的背弃之后,本来不难偿付孙富的那一千来金,而后藉之独自生活下去,但是她却选择了投水自尽的绝路,让读者也深感可惜,就像李甲、孙富以及旁观者那样。

杜十娘之所以这么做,是因为背叛她的乃是她最信任也最相爱的人,这使她对于跨不过人际的宿命性鸿沟深感绝望,从而最终也就失去了继续生活下去的信心和勇气。她的情况正与尤三姐相同:"尤三姐在抗拒她周围那些好色之辈时表现了持久不衰的道德力量,但她却不能片刻忍受一个只听到过她的声誉而不知道她准备给予他忘我之爱的男人所表现的可理解的猜疑。她一时感情冲动地自杀了。"①

对于人际的宿命性鸿沟,小说家常会指出如下的冷酷的事实:

> "世人结交须黄金,黄金不多交不深。纵令然诺暂相许,终是悠悠行路心。"这四句乃是唐人之诗,说天下多是势利之交,没有黄金成不得相交。这个意思还

---

① 夏志清《〈红楼梦〉里的爱与怜悯》,载胡文彬、周雷编《海外红学论集》,第129页。

说得浅,不知天下人但是见了黄金,连那一向相交人也不顾了。不要说相交的,纵是至亲骨肉,关着财物面上,就换了一条肚肠,使了一番见识,当面来弄你,算计你。几时见为了亲眷,不要银子做事的?几曾见眼看亲眷富厚,不想来设法要的?至于撞着有些不测事体,落了患难之中,越是平日往来密的,头一场先是他骗你起了。(《二刻拍案惊奇》卷二十《贾廉访赝行府牒　商功父阴摄江巡》)

这番话虽然也许说得过分了一些,不过却不能不承认有相当道理。即使是至亲骨肉也不能摆脱金钱的算计,正说明了人际的宿命性鸿沟的难以跨越,原本是不分什么亲疏间密的。

但是人们一般却不容易明白这一道理。在人际关系的种种纠葛之中,人们之所以会对"越是平日往来密的,头一场先是他骗你起了"尤感愤慨,无疑是因为人们常常认为,越是亲密的人之间,应该越是没有鸿沟,或至少是鸿沟越窄;而不幸人际关系的真相,却并不能证实这一乐观的想象。因而人们在失望之余,也就感到了一种幻灭的痛苦,进而生出了一种"受骗"的愤慨。所有那些与上述这段话类似的愤慨,还有人们之所以会抱有这类愤慨,其实都是对人际关系的幻觉的破灭所致。一般来说,人们的幻觉随着人际关系的加密而加深,同时其破灭后所造成的痛苦也随之而加甚。杜十娘之所以对李甲的背弃感到如此的震惊,就是因为她起初也抱有同样的幻觉之故。

其实，人际的宿命性鸿沟，原本存在于任何人之间。各种各样的人际关系，无论是"性"是"血"，抑是"情"是"义"，都只不过是架在鸿沟上的"桥梁"，却没有也不可能消除鸿沟本身。各种"桥梁"的牢度当然因桥而异，但既然是"桥梁"就总有坍塌的可能，何况可以损坏"桥梁"的因素又是那么的众多：金钱、贪婪、荣誉、嫉妒，以及人性的每一种弱点。人们对于人际关系的幻觉，就来自于这些"桥梁"的存在，所以一旦"桥梁"坍塌，便自然会跌得鼻青眼肿。而且，那些"桥梁"越是看起来显得稳固，一旦它突然坍塌的时候，便也就越是能使人跌得厉害。

杜十娘与李甲，如果仅仅是妓女与嫖客的关系，那么虽然他们之间的"桥梁"摇摇欲坠，但是因彼此不会抱太大的希望，所以反而也就不会有太大的失望。但是因为两人情深意切，所以他们之间的"桥梁"就显得分外稳固，杜十娘也就放心地走了上去。结果当发觉"桥梁"原来弱不禁风时，杜十娘早已毫无防备地跌得鼻青眼肿了。

世情与阅历，能够使人们意识到"桥梁"的脆弱，但即使这样，人们又怎么可能预先知道"桥梁"会在什么时候以及在何种情况下坍塌呢？又怎么可能在每一次过桥时都抱着"桥梁"会坍塌的警惕呢？因此，即使在理智上明白是"桥梁"总会坍塌的道理，但在感情上却毋宁说总是放松的时候居多，因而"桥梁"的坍塌总是会使人感到猝不及防与出乎意外。

杜十娘不能说不世故老练，即使她一心爱着李甲，但对他还是不无保留。我们看她让李甲为凑足赎金吃尽苦头，又把自己积蓄万金之事瞒着他，只说是众姐妹相赠，又不说明具体数目，便可知她于李甲仍有警惕。而且李甲的害怕严父与性格软弱，杜十娘也并不是不知道。但是她却自信只要自己一切当心，或许"桥梁"一时还不至于坍塌。于是她小心翼翼地踏了上去，每一步都"战战兢兢，如临深渊，如履薄冰"(《诗经·小雅·小旻》)。开始好像一切顺利，而后更是胜利在望，眼看着还有最后一步就可以过去了，但是"桥梁"却在她放松警惕的一瞬间突然坍塌了：在她的计划即将实现之际，李甲却把她转卖给了孙富！

说起来，也不能责怪杜十娘的过于轻信与自信，因为如果人们什么"桥梁"也不相信的话，那么他们又怎么能和鸿沟外面的人们沟通呢？在处于鸿沟包围之中的个人孤岛之上生活，其孤独的痛苦的程度，恐怕并不亚于因"桥梁"坍塌而造成的幻灭的痛苦。所以，即使人们明知道是"桥梁"总会坍塌的道理，甚至明知道已经走上的正是一座即将坍塌的"桥梁"，但他们却还是会犹疑不决甚至毫不犹豫地走上去；同时，他们的心里则抱着希望这次是个例外的侥幸，抱着骰子会转出自己想要的数字的奢望。在杜十娘最后的绝望的痛苦里，是否也有着一种不祥的预感终获证实，侥幸的冒险终致失败的苦涩呢？

杜十娘之所以深深地感到绝望，还是因为她的自尊心受到了严重的挫伤：她原以为她选中的是一座稳固的"桥梁"，又以为凭藉自己的小心机智能够安然度过，但是结果

却发现自己全然错了,而且可以说完全是错在自己。小说家是这样评论杜十娘"错认"的悲剧意义的:

> 独谓十娘千古女侠,岂不能觅一佳侣,共跨秦楼之凤? 乃错认李公子,明珠美玉,投于盲人,以致恩变为仇,万种恩情,化为流水,深可惜也! 有诗叹云:"不会风流莫妄谈,单单情字费人参。若将情字能参透,唤作风流也不惭。"

杜十娘"错认"的悲剧意义,正在于不仅是认错了,而且还怪不得别人! 因而杜十娘的绝望的痛苦,便也是一种有苦说不出的痛苦。

杜十娘本来还可以缩回到自己的个人孤岛上去,但是她已经不愿意再忍受孤独的痛苦了(因为她孤独过);她本来也还可以再架设一座新的"桥梁",但是她已经对自己是否有这个能力不抱希望了(因为她"错认"过)。所以她只能选择死亡,除了死亡她别无选择。杜十娘的悲剧,便是跨不过人际的宿命性鸿沟的悲剧。

男人的困惑

妖气入肌，添得百倍精神

两性之间的性别鸿沟，使得男人与女人彼此均感到神秘莫测，从而产生了紧张感和焦虑感。在主要是由男性作者创作的文学作品中，则特别表现为男人对于女人的紧张感和焦虑感。这种紧张感和焦虑感，有时用道德说教的形式，有时用超自然解释的形式，直接地或曲折地表现了出来。而尤其是后面这种方式，更使我们感到有趣。

女性魅力在男人身上引起的，常常不只是激动与憧憬，而且还有不安与恐惧。因为过于强烈的女性魅力，往往就像浓郁香醇的美酒一样，使男人在不知不觉中失去自制，而成为其俘虏。对于这种女性魅力的形成机制，男人未必能够完全理解。于是小说家们便常常采用超自然的理由，来解释女性魅力的成因。而究其实质，则仍不过是男人的不安与恐惧的曲折投影而已。

像褒姒、妲己之类女人，既具有超凡的魅力，又具有"邪恶"的天性，因此在历来的文学作品中，都被作了超自然的表现。在《武王伐纣平话》中，小说家解释说，妲己之

所以具有超凡的魅力,乃是因为九尾金毛狐狸附体:

> 有驿中女子,容仪端丽,去灯烛之下。夜至二更之后,半夜子时,忽有狂风起,人困睡着不觉。已无一人,只有一只九尾金毛狐子,遂入大驿中,见佳人浓睡,去女子鼻中吸了三魂七魄和气,一身骨髓,尽皆吸了。只有女子空形,皮肌大瘦,吹气一口入,却去女子躯壳之中,遂换了女子之灵魂,变为妖媚之形。有妲己,面无粉饰,宛如月里嫦娥;头不梳妆,一似蓬莱仙子。肌肤似雪,遍体如银。丹青怎画,彩笔难描。女子早是从小不见风吹日炙,光彩精神;更被妖气入肌,添得百倍精神。

这样的超自然解释,不仅是在今天,即使是在古代,人们也未必真会相信的,而大抵仅是当故事看而已;但是在这种超自然解释的背后,却隐含着男人们的一种朦胧模糊的疑虑:那些具有倾城之容与超凡魅力的绝代佳人,难道真是与普通人一样的肉质凡胎吗?在她们那不可思议的魅力的后面,难道真的没有什么超自然的因素在起作用吗?男人们的不安与恐惧,就这样化成了绝代佳人身上的"妖气"。

整个《武王伐纣平话》中对于妲己恃宠与骄横的描写,都是基于这种超自然的解释来进行的。作为一个男人的纣王,之所以无法抵御妲己的魅力,以及由此产生的一切无理要求,而从一个明君堕落成了一个暴君,这一切现在都是可以解释的了。有几次妲己差点受到伤害,但那足以伤害她的武器,也大抵是超自然的宝物,如许文素所献的宝剑,西周的"琼瑶玉钏",而绝非一般的人间的力量,尤其不是男人的力量。

妲己最后的受刑场面尤其富于象征意义。开头的两个刽子手,都因惑于妲己的魅力而不忍下手。最后殷交用练扎住眼睛,"不见可欲心不乱",才得以忍心下手。但尽管殷交手起斧落,斩着了妲己的肉身,却并不能损伤她分毫。她那九尾金毛狐狸的"真性",要待超自然的法宝"降妖镜"才能擒获:

> 不斩万事俱休,既然斩着,听得一声响亮,不见了妲己,但见火光迸散。似此怎斩得妲己了?太公一手擎着降妖章,一手擎着降妖镜,自空中照见妲己真性,化为九尾狐狸,腾空而去。被太公用降妖章叱下,复坠于地。太公令殷交拿住,用七尺生绢为袋裹之,用木碓捣之,以此妖容灭形,怪魄不见。

超自然法宝法力的强大,其实正说明了人力、尤其是男人力量的无用。在女人的超凡魅力面前,代表男人暴力的刀斧竟全然不起作用,反映出男人对于女人魅力的不安和恐惧是如何的强烈,也反映出心怀不安与恐惧的男人又是如何可笑的孩子气。

将妲己这样的历史美人写成九尾金毛狐狸附体的妖精,其实只是男人对于女性魅力的不安与恐惧的一种表现。在许许多多的古代小说中,类似的表现更是比比皆是。比如在六朝以后志怪小说家们的笔下,美丽的女人常常被写成是超自然物的化身。她们既带给寂寞的男人以性的满足与快乐,同时又使得他们的身体日渐赢瘦,生命受到威胁。又如《莺莺传》里张生对于自己抛弃莺莺理由的那个著名解释:"大凡天之所命尤物也,不妖其身,必妖于人。使崔氏子遇合富贵,乘宠娇,不为云为雨,则为蛟为螭,吾不知其变化矣。昔殷之辛,周之幽,据百万之国,其势甚厚。然而一女子败之,溃其众,屠其身,至今为天下僇笑。予之德不足以胜妖孽,是用忍情。"除了表现了他文过饰非的虚伪之外,其实也正隐含有如上所述男人对于女性魅力的不安与恐惧。

在中国古代的小说中,一如在世界其他小说中一样,男人对于女性魅力那种既感激动与憧憬、又感不安与恐惧的矛盾态度,构成了其源远流长的传统主题之一,表明着两性对立和男性中心的存在的事实。即使是在今天的小说中,这种矛盾态度也远未消失。只是比起古人来,现代人要更高明一些,因为我们能够透过这些超自然的解释,看出其背后起支配作用的意识。

小儿放纸炮,又爱又怕

在中国和西方都有蛇女与男人恋爱的故事。中国的如《白娘子永镇雷峰塔》(《警世通言》第二十八卷),写一条白蛇,"遇着许宣,春心荡漾,按纳不住,一时冒犯天条",与许宣相爱结婚,最后却被禅师收伏镇压的故事(此故事又见于《西湖佳话》卷十五《雷峰怪迹》等)。此故事传到日本以后,被上田秋成改写为《蛇性之淫》(《雨月物语》卷四)。西方的如《蕾米亚》(*Lamia*)故事,也是说一条蛇,因为爱上了一个希腊青年李西亚斯,变成了一个美丽的女人,令李西亚斯堕入了情网,与她同居并举行了婚礼,结果为一个叫阿波罗尼亚斯的人识破真面目,于是这条"变成美女的蛇"只能落荒而逃。类似的故事出现在东亚、阿拉伯和欧洲等许多地方,引起了东西学者的浓厚兴趣[①]。

蛇是不会变成女人的(当然也不会变成男人),永远不会,然而小说家们却让它变成了女人,与男人相爱,这是出于什么样的心理呢?我们觉得,正如把妲己的超凡魅力解释成"九尾金毛狐狸"附体一样,让蛇变成女人,也是出于男人对于女人的焦虑感与紧张感的一种超自然的表现方式。男人对于女人的态度,原本就是如凌濛初所说的:"好象个小儿放纸炮,真个又爱又怕。"(《拍案惊奇》卷二十三《大姊魂游完宿愿　小姨病起续前缘》)而由蛇变成的女人,正好兼具蛇的可怕性与美女的可爱性这双重特性,颇可象征男人对于女人的矛盾观感。这样看来,与其说是小说家们将蛇变成了女人,毋宁说是他们将女人看成了蛇更为恰当。

其实,男人对于女人的联想,初不限于蛇与狐狸这两种超自然物(我们这里说的是文学中的蛇与狐狸,而不是

---

① 参见颜元叔《〈白蛇传〉与〈蕾米亚〉——一个比较文学的课题》,载叶维廉主编《中国古典文学比较研究》,台北,黎明文化事业股份有限公司,1977年版,第289~299页。

自然界的蛇与狐狸,因为后者并不是超自然物),而是此外还有好多种;而让女人具有超自然物的来源,也初不限于妲己的故事与白蛇的故事,此外也真是太多太多了。

白蛇变成的美女无疑具有蛇的可怕性,哪怕她总是将其本性深藏不露。白娘子声称自己只不过是一时春心荡漾,"却不曾杀生害命",这种分辩本身,便暗示了她原本是有杀生害命的能力的,只不过她一心爱着许宣,未曾正经发挥这种能力罢了。然而威胁却确实是发出过的,她三番两次威胁许宣:"我如今实对你说,若听我言语喜喜欢欢,万事皆休;若生外心,教你满城皆为血水,人人手攀洪浪,脚踏浑波,皆死于非命!""你若和我好意,佛眼相看;若不好时,带累一城百姓受苦,都死于非命!"吓得许宣"心寒胆战,不敢则声","战战兢兢",差一点没有投湖自尽。除此之外,白娘子还曾两次突现蛇身,把人们吓个半死(尽管多半是因为他们想讨白娘子的便宜,所以也可以说是罪有应得)。尽管白娘子很照顾许宣,从未让他见到自己的蛇身,也并未把威胁付诸实施,可是要说她一点都不可怕,那却完全不是事实。现代受过爱情至上主义文学熏陶的浪漫男人,或许有"明知山有虎,偏向虎山行"的勇气与胆量,但实心眼的许宣则确实是从心底里感到害怕的。

然而,作为美女的白娘子又是十分可爱的。她不但长得如花似玉,楚楚可怜,又兼温柔体贴,聪明伶俐,实为男人心目中的理想女人形象,难怪许宣要对她一见倾心了。虽然一再受到惊吓,但她对许宣始终矢志不渝。即使是纠缠不休,也总显得情深意厚。为了让许宣有银子使,有衣裳穿,不时出于"妇人之见",目无法纪,做出没见没识的偷盗之事,让许宣无端吃了几场冤枉官司,但原其初衷,却又让人哭笑不得。许宣多次听信"谗言",想要直接间接地害她,她也只是责备几句,晓之以理,动之以情,苦口婆心,仁至义尽。即使是威胁几句,那也不过是情急之辞,恨铁不成钢的意思,从未曾想过要付诸实现的。直到被禅师收伏,第一次在许宣面前露出原形,却还是"兀自昂头看着许宣",就是铁石心肠也不能不为之动容。因此,即使她真是一条蛇,人们也觉得她甚为可爱,觉得可以接受。

这便是小说家所塑造的一个男人心目中兼具可爱性与可怕性的美丽女性的形象,其中凝聚着男人对女人既爱又怕的矛盾观感。这一形象有其自身发展的历史。在早期的类似的鬼怪小说中,由超自然物变成的女性,其可怕性要远过于其可爱性;但是在接着的发展中,其可爱性渐渐地超过了其可怕性;到了《白娘子永镇雷峰塔》故事的时候,其可爱性已经完全占了上风。这大概是因为女人已变得越来越可爱了,又或许是男人已变得越来越懂得爱女人了。但是其可怕性,或者说其"妖"性,却始终没有完全消失,否则小说家们就不必把她们仍写成是蛇了。

在许宣的形象中,小说家们表现了男人的典型心态。他们感到女人又可爱又可怕,于是在爱与怕之间犹豫彷徨。许宣既爱白娘子的美色,又怕白娘子的本性。在相信白娘子是人时,他耽于情欲,"如鱼似水,终日……快乐昏迷缠定";在怀疑白娘子是蛇时,他又躲之唯恐不及,将恩爱抛入东洋大海。"在远离的时候,谁也比不上他的明察和不受欺骗;面对着一双可爱的媚眼时,谁也比不上他的天真和轻信。"(罗曼·罗兰《约翰·克利斯朵夫》)许宣身上便有着这种堕入情网的男人的两重性。他可以说是天下所有对于女人感到又爱又怕的男人的缩影。

对于白娘子故事的主题,历来有着各种不同的看法。有人认为其中体现了"理智与感情"的冲突。这大概也不是没有道理的,因为许宣对白娘子原本就是理智上觉其可怕,而感情上觉其可爱的。古代的小说家们偏重于理智,他们认为许宣犯了"爱色之人被色迷"的毛病,只有尽快地摆脱才有生路;而现代的读者们偏重感情,他们相反地认为许宣犯了薄情的过错,他对不起痴情的白娘子。古今看法的不同,不仅反映了人们对于感情与理智的认识的偏重,也反映了女人在男人心目中可爱性与可怕性的比重的变迁。然而,在我们看来,我们宁可从男人对女人既爱又怕的矛盾心理的角度去理解这一故事的意义,而不想简单地对白娘子或许宣作出偏于感情或偏于理智的轩轾褒贬。

或许在男人们看来,所有的女人或多或少都有点像白娘子,而自己也或多或少都有点像许宣。如果真是这样,那么白娘子故事所揭示的主题,便即使在现代也仍未失去其意义。这是男人心目中的女性,男人心目中的自己,以及这二者之间关系的一个永恒的象征与写照。小说能够写到这一步,小说家也可以说是才智超群了吧?

亲妻忍得弃贫儒

在传统的男性中心社会里,男人自然比女人享有更多的特权,这是人们所常常说起的。不过这只是事情的一个方面,事情的另一个方面是,正由于男人比女人享有更多的特权,因而他们也就比女人负有更多的责任,社会也就对他们提出更多的要求,从而他们的心理也就承受着更重的压力。

人生在某种意义上可以说是一场赌博,有家室的人生更是一场阖家的赌博。赌博的中心人物当然是男人,女人则在家庭内部给予他们以帮助(所谓"内助")。男人有责任在社会上出人头地,以给自己的女人带来种种好处。但是在男人之间的竞争中,并不是所有的男人都能取胜的。于是那些在竞争中失败的男人,便将受到来自社会与女人两方面的压力。可是即使如此,他们也不能表现得软弱,因为软弱是女人而不是男人的特权;相反地他要表现得坚强可靠,尽管其实他也很脆弱也想要依靠别人。女人失败了,就可以号啕大哭;但是男人失败了,却必须装得满不在乎。"男儿有泪不轻弹",是鼓励也是压力,是骄傲也是伤心。这种由于社会地位和分工造成的性别角色要求,常常使男人处于尴尬的境地。

"齐人有一妻一妾"(《孟子·离娄下》),也许是一个象征男人尴尬处境的典型故事。"齐人"无疑是个失败的男人,因为他没有"显者"与他往来,整个城里也无人同他谈话。但是在他的妻妾面前,他却必须装得自己还很成功。于是他每天饱食酒肉而归,宣称同吃的都是一些富人。不料妻妾们却不给他脸面,用暗中盯梢的"卑鄙"办法,弄清了他的把戏。于是她们一起为男人的靠不住而悲泣不已:"良人者,所仰望而终身也,今若此!"她们的男人却不知道事情的经过,仍旧在妻妾面前端那"成功男人"的臭架子。

人们常常跟着妻妾和作者去责备齐国这个男人的做假与虚荣,却不知道这种做假与虚荣正是男人们受到社会与女人双重压力的产物。这个故事的最妙之处是末尾作者的评论:"由君子观之,则人之所以求富贵利达者,其妻妾不羞也,而不相泣者,几希矣。"简单地说就是不像"齐人"那样的男人世上是很少的——这不正是大多数失败的男人的真实写照吗?我们也许先是稀里糊涂地跟着"齐人"的妻妾们一起起哄,转而忽然心里若有所动,觉得在自己身上也有着齐人的影子,于是一缕伤感就从我们的心里升起。

与此同时,这个故事还向我们表明,对于失败的男人来说,最大的痛苦和恐惧莫过于来自自己女人的羞辱。这就像是雪上加霜,又像是伤口抹盐,足以摧垮男人的最后一点自信,给他们的自尊心以最后的致命一击。

作为男人的小说家们,深知男人的这种隐秘的心病,为此他们编写了一些小说,其中描写女人先是抛弃失败的男人,而在男人发迹后又受尽羞辱。在这类小说中,小说家的同情明显地是在"齐人"一边,而不是在"妻妾"一边的。通过编写与阅读这类小说,小说家以及男性读者,对于那些抛弃失败男人的女人,在想象中报了一箭之仇。

《等不得重新羞墓 穷不了连掇巍科》(《醉醒石》第十四回)里的苏秀才,是一个被人看作是"终有发达之日"的穷书生,所以被有远见卓识的莫公选作了女婿。莫氏存了一个丈夫不久发迹的希望,所以起初对于穷丈夫甚是和顺体贴:

> 哄得这女人,怕把家事分了他的心,少柴缺米,纤毫不令他得知。为他做青毛边道袍、毛边裤、毡衫,换人参,南京往还盘费,都是掘地讨天,补疮剜肉。

然而苏秀才一次不中,二次不中,等到三次又不中,莫氏眼看希望渐渐成了泡影,而贫困的日子无穷无尽,于是整日价和丈夫斗嘴吵架,硬逼着丈夫休了她,另嫁了一个开酒店的。人们都嘲笑苏秀才的无能窝囊:"一个老婆制不下,要嫁就嫁,是个脓包汉子!"苏秀才就这样成了一个在社会上和女人面前都一败涂地的男人。

但是作为男人的小说家的目的,并不是要表现男人的失败,而是要表现对于那些抛弃失败男人的女人的报复。所以莫氏跟苏秀才十年,小说家不让苏秀才中举,可莫氏一改嫁,他就让苏秀才连中举人、进士,且另娶了一门好亲,使那个有福分的女人做了现成的奶奶,又让迎亲的队伍故意从莫氏后夫的酒店门前经过。于是无论是小说里的男人苏秀才,还是小说外的男人小说家和读者,都对莫氏和莫氏这样的女人报了仇,在心里升起一种满足的快感。

从现代的观点看起来，莫氏跟苏秀才吃了十年苦，也已经够难为她的了。她后来的忍穷不过而改嫁，也是出于追求幸福的合理愿望，并没有什么可非难的。不过小说家的着眼点不在此处，而在代男人宣泄心中的不满。所以我们看尽管他很体谅女人的苦恼：

> 若论妇人，读文字，达道理甚少，如何能有大见解，大矜持？况且或至饥寒相逼，彼此相形，旁观嘲笑难堪，亲族炎凉难耐，抓不来榜上一个名字，洒不去身上一件蓝皮，激不起一个惯淹蹇不遭际的夫婿，尽堪痛哭，如何叫他不要怨嗟？

却终于还是不能原谅她们抛弃男人的行为，要让莫氏受尽屈辱后自尽身亡。这正是因为莫氏的行为伤害了男人的自尊，触痛了男人心中隐秘的心病。

看了这个故事，我们自然会联想起关于苏秦妻子和朱买臣妻子的故事。其中那些在男人失败时抛弃男人，在男人发达后感到后悔的女人们，千百年来受尽了写史书、讲故事、编戏曲的男人们的讥讽，受尽了读史书、听故事、看戏曲的男人们的嘲笑。究其原因，也就是因为她们与莫氏一样，曾给予失败的男人以莫大的伤害：

> 漂母尚知怜饿士，亲妻忍得弃贫儒！早知覆水难收取，悔不当初任读书。（《古今小说》第二十七卷《金玉奴棒打薄情郎》）

在这种义愤填膺的指斥中,我们感受到了男人的愤怒与满足。

但是在另一方面,这些大快"男"心的故事和义愤填膺的指斥本身,却也隐隐约约地给人以一种色厉内荏、外强中干的印象。我们掩卷而思,不免产生了这样一种怀疑:在那些貌似严厉的故事的背后,是否正潜藏着男人们那种渴望在失败时女人不要抛弃自己,在受到伤害时能得到女人的抚慰,在压力过大时能得到女人的体谅,在人生的赌博中能得到女人的帮助,在伤心痛苦时能对着女人一洒软弱之泪的心理呢?如果这种怀疑不错的话,那么所有这些故事所表现的,其实也只是男人用发脾气的方式表现出来的对于女人的召唤罢了。如果从这个角度来理解这类小说,那么即使是女性读者,大概也能得到某种启示与收获,而不仅仅是对男人的偏见大光其火了吧?

功名是大事,表子是末节

读过雨果《悲惨世界》的读者也许还记得,第一部"芳汀"第三卷"在一八一七年内"里的四个花花公子,在勾引了四个姑娘后又把她们给抛弃了,因为他们想要结束那种放荡不羁的生活,回到社会上去追求他们的"辉煌前程"。在给姑娘们的告别信中他们写道:

> 陷阱,就是你们,呵,我们美丽的小姑娘!我们回到社会、天职、秩序中去了……祖国需要我们,和旁人一样,去做长官,做家长,做乡吏,做政府顾问。

若干年后,他们果然纷纷成了绅士与"精英",而留下那些轻信的姑娘们在贫困与耻辱中挣扎。

类似的场面,几乎可以在世界各国的小说中看到。在中国古代的小说中,这也是一个传统的主题。我们在《莺莺传》、《霍小玉传》、《李娃传》、《杜十娘怒沉百宝箱》、《玉堂春落难逢夫》等小说中,可以看到这一主题的多种变奏。这些小说中的男主人公们,总是徘徊在不为社会所承认的恋爱(主要是和妓女的恋爱)与为社会所肯定的事功之间,尽管他们最后的决定以及小说家的倾向性各各有所不同。

在有一些小说中,男主人公先是爱上了一个美丽的妓女,但后来在面临上述矛盾时,为了自己的前程而屈服于事功的压力,"忍情"牺牲了自己与妓女的爱情。如在《莺莺传》中,张生之所以对莺莺始乱终弃,据有的学者研究,乃是因为莺莺是一个妓女,张生作为官宦子弟,为了自己的"辉煌前程",是不便与妓女正式结婚的。只是他用了一个冠冕堂皇的理由,掩饰了他的这一真实想法。在《霍小玉传》中,李益先是对妓女霍小玉山盟海誓,但在两年后做了官以后,却屈服于其母亲的压力,娶了豪门之女,做了一个负心的情人。在《杜十娘怒沉百宝箱》(《警世通言》第三十二卷)中,李甲也是为了自己官宦人家的门第与前程,而轻易地牺牲了与妓女杜十娘的爱情的。只是作为明代商品经济发达的产物,在李甲的忘恩负义中,金钱充当了罪恶的角色。小说中的这些男主人公,往往受到小说家、小说中的舆论以及读者的谴责,但他们的行为却是符合当时的正统观念的,在当时的社会上要比小说中更为常见,也更容易被一般人所接受。

在另外一些小说中,男主人公不像张生、李益和李甲那么负心,但是他们所面临的矛盾却没有什么不同。只不过他们在小说家的种种巧妙帮助之下,成了鱼与熊掌兼得的幸运儿。在《李娃传》中,郑生忠于他与妓女李娃的爱情,为此差点被代表正统观念的父亲打死。虽然最终父亲原谅了他并承认了李娃,但这却已经是在他在李娃的帮助下取得了功名以后。这象征了爱情与事功的矛盾的消解,但这却无疑是小说家所虚构的理想化的结局。在《玉堂春落难逢夫》(《警世通言》第二十四卷)中,公子的处境与郑生没有什么不同。他忠于与玉堂春的爱情,为此父亲不让他进门。只是在他后来取得了功名以后,他才得以和玉堂春重续良缘,这大抵也是小说家所虚构的理想化的结局。以上这些小说中的男主人公们,尽管受到小说家与读者的肯定,但他们的行为却是不符合正统观念的,在当时的社会里不能说完全没有,但就小说而言,则出于小说家理想化虚构的成分更浓一些。

这些小说传入日本以后,在日本也出现了不少翻版。在都贺庭钟的《繁野话》中,《杜十娘怒沉百宝箱》被翻案成了《江口游女愤薄情怒沉珠宝之话》,写一个按制度要世袭父职的青年小太郎与妓女白妙之间发生的有始无终的爱情悲剧。在森鸥外的《舞姬》中,舞台被移到了德国,与德国姑娘爱丽丝相爱的日本留学生太田丰太郎,最终为了自己回国后的辉煌前程牺牲了自己的异国之恋。据说这是森鸥外根据自己的类似经历写成的,但学者们认为其中或多或少也有着《杜十娘怒沉百宝箱》的影子。

透过这些小说的种种写实性或理想化的具体描写,我们看到了男主人公所面临的一个矛盾:一边是他们心之所好却不为社会所承认的恋爱,一边是他们心之所愿并为社会所肯定的事功。这两个方面并不是势均力敌的,一般来说几乎总是后者占了上风。这是因为当时的社会观念并不像今天这么重视爱情(?),所以遇到上述矛盾的时候,几乎总是爱情被牺牲掉。《玉堂春落难逢夫》中,朋友们那劝公子不要迷恋玉堂春的话,便赤裸裸地显示了当时一般人对于二者关系的看法:"功名是大事,表子是末节,那里有为表子而不去求功名之理?"而当《单符郎全州佳偶》(《古今小说》第十七卷)里的单飞英,不念杨玉沦落风尘的旧事,仍守前约与之成婚时,上司们那称赞他的话,同样显示了存在着相反的实情:"上司官每闻飞英娶娼之事,皆以为有义气,互相传说,无不加意钦敬。"而一般人则是"山盟海誓忽更迁,谁向青楼认旧缘"。但是我们应该已经注意到,单飞英与杨玉原本就是有婚约的,而且单飞英此时已经取得了功名,所以对他来说矛盾还不是很大,但他这样做已经让人觉得很不容易了。

在阅读以上这些悲剧性的爱情故事时,我们的同情几乎总是在女人一边。其中的原因不言自明,因为在这类爱情悲剧中,女人总是受害最深的一方。同时,因为我们同情女人一方,所以我们便会憎恨男人一方,因为他们竟然为了自己的功名,而不惜成为负心的情人。

但是,如果我们过分拘泥于这种爱憎分明的态度,我们就有可能忽略另一个较为次要的事实,那就是既然爱情是男女双方的事情,则当爱情因其他因素而被牺牲掉的时候,受害的就必然会同时包括男女双方在内,尽管其程度或有深浅之分。在传统的男性中心社会里,男人往往被赋予更多的社会责任(这也就是事功的由来),这就迫使他们在从事不为社会所承认的爱情时犹豫再三;而相对来说社会对女人却没有这样的要求,因而女人可以全部献身于这种爱情而不必瞻顾左右。因此在一定程度上,上述小说中的男主人公们,也可以说是当时社会环境的牺牲品,尽管他们在作出牺牲的同时也得到了很多补偿。

从这个角度考虑上述小说,则一向不为我们所注意的"男人的困境"问题,便会进入我们的视野之中。以上这些小说的价值之一,便也正在于除了揭示"女人的受害"之外,也向我们揭示了"男人的困境"的存在。

男人的这种困境是由过去特定的社会环境造成的,不过现代的社会环境也还远未能完全消除这种困境。尽管诸如门第之类观念已经显得有点过时,但其他新的时髦玩意儿也还在不断产生,同时,也不是所有形式的爱情都能得到社会的承认。于是碰到这种困境的现在的男人们,是否还能轻松地嘲笑过去的男人们,是否还能超脱地保持心理上的优越感,便恐怕也仍然成了一个问题。

　　小说家们对于这种困境的倾向性是值得重视的,但是他们对于这种困境的注意本身也许更值得重视。因为注意到了男人的这种困境,也就注意到了男人所面临的一种人性的考验,或者说至少是恋爱中的男人所面临的一种人性的考验。

　　而且,这种过去仅仅为男人所单独面临的考验,今后随着女人的社会地位的不断提高,随着女人的日益被赋予更多的社会责任,恐怕也会为女人所面临吧?

第十一章 情欲的深度

妲己回首戏刽子

孔子曾经感叹道:"吾未见好德如好色者也。"(《论语·子罕》)这句话的确一针见血,在男性中心的社会中,至少是刺中了男性的"弱点",所以一再为人们所称引。孔子的道德倾向性是十分明显的,不过如果姑且忽略其道德倾向性,则可以认为它说出了人性的一个侧面,即人们后天的道德意识往往难以与本能的性爱意识相抗衡。

裴多菲那首名诗的前两句:"生命诚可贵,爱情价更高。"似乎也说出了人性的又一个侧面,即即使是人们本能的生命意识,在本能的性爱意识面前,也常常会退避三舍,甘拜下风。

这么说起来,人们的性爱意识原本具有强大的力量,在它面前不仅道德意识往往难以抗衡,甚至连生命意识也常被抛置一边。如何看待这一事实是一回事,但这一事实的确存在则是另一回事。

《武王伐纣平话》中那段对于纣王与妲己的行刑场面的描写,便很有意思地证实了孔子和裴多菲的说法。对于纣王的行刑进展顺利,在周武王历数纣王十大罪恶以后, "一声响亮,于大白旗下,殷交一斧斩了纣王";但是对于 妲己的行刑就不那么顺当了,因为妲己的美色使刽子手们 难以下手:

> 二声鼓响,于小白旗下,刽子手待斩妲己。妲己回 首戏刽子,用千娇百媚妖眼戏之,刽子堕刀于地,不忍 杀之。太公大怒,令教斩了刽子,又教一刽子去斩。刽 子持刀待斩妲己,妲己回首戏刽子。刽子见千娇百媚, 刽子又坠刀落地,不忍斩之。太公大怒,又斩了刽子。

两个刽子手都无法抵挡妲己美色的诱惑,于是他们手 中的屠刀便怎么也落不下去。由于妲己是当时人心目中 的罪人,所以刽子手们的不忍下手,正表明了他们的道德 意识已经在美色面前崩溃。而目睹了第一个刽子手的命 运,第二个刽子手至少已经预先知道行刑失败的可能后 果,但他终于还是"坠刀落地,不忍斩之",更表明了他的求 生本能也已在美色面前被抛置脑后。因为惑于妲己的美 色,他们都成了法律的罪人,同时也都付出了生命的代价。

更有意思的是对于妲己的第三次行刑场面的描写。 这次上场执行行刑任务的,就是刚才很爽快地"一斧斩了 纣王"的殷交,因为他与妲己有杀母之仇,所以自然成了对 妲己行刑的最佳人选。但即使是殷交这么一个充满复仇 欲念的人,似乎对于是否能抵挡妲己美色的诱惑还是毫无 信心,因而他在上场执行行刑任务之前,必须先用练蒙住 自己的眼睛,来个"不见可欲心不乱",这样才使他对妲己的行刑能够顺利进行：

> 有殷交来奏武王："臣启陛下，小臣乞斩妲己。"武
> 王："依卿所奏。"殷交用练扎子面目，不见妖容，被殷
> 交用手举斧，去妲己项上中一斧。

这段描写非常形象地说明，不仅是道德意识或求生本
能，而且即使是不共戴天的深仇大恨，似乎也难以抵挡美
色的诱惑。

不仅仅是小说中人物难以抵挡美色的诱惑，在上述这
些描写的背后，还隐隐地流露出小说家那略感遗憾的心
情。小说家行笔至此，似乎也变得不忍起来。即使是那充
满邪恶的美色的毁灭，似乎也让他感到一种隐隐的遗憾。
那"千娇百媚"的眼神，似乎也击中了小说家的心灵；一如
萨克雷《名利场》中那个蓓基·夏泼小姐的眼风，一下子把
那位牧师先生给"结果"了一样。小说家这种隐隐遗憾的
心情，似乎也传染给了读者，也使读者们心猿意马起来，暗
想是否还能有比斩首更好的方法，既惩罚了邪恶，又保留
了美色。这么看来，上述这段描写，在击中人性的"弱点"，
尤其是男性的"弱点"方面，也真可以说是绝了。

熟悉西方文学传统的读者，看了《武王伐纣平话》的上
述描写，也许会不由得联想起古希腊神话中的另一个故
事。话说俄底修斯在回乡途中，航行经过一个海岛。那个
岛上住着许多女妖，她们惯用美妙的歌声，诱惑来往船只
上的水手，使他们来到岛上，成为她们的牺牲品。所以喀
耳刻预先警告俄底修斯说：

当你们逼近塞壬女仙们的海岛时,就用蜡封住你的同伴们的耳朵,使他们甚么也听不见。但如果你自己愿意听一听这些女仙们的歌声,最好先叫同伴们将你手脚都带上镣铐,并将你紧紧地绑在桅杆上。到时候你越请求他们将你释放,他们就得将你绑得更紧。

(斯威布《希腊的神话和传说》)

俄底修斯听从了喀耳刻的警告,这才得以躲过女妖们的诱惑,又一次摆脱了死亡的危险。

显而易见,在古希腊神话的这个故事中,也蕴含着和《武王伐纣平话》中有关行刑场面的描写相似的东西。女妖们美妙的歌声,就像妲己千娇百媚的眼神一样,使水手们感受到难以抵挡的诱惑,因而失去他们的生命;而水手们也只有在像殷交用练蒙住眼睛一样,用蜡封住耳朵的时候,才能躲避女妖们的诱惑。那被绑在桅杆上的俄底修斯,尽管事先知道女妖们的目的,尽管事先听过喀耳刻的警告,尽管一心想回到久别的故乡,却仍然在心里"燃烧起奔赴她们去的热望"。我们在这里所看到的,正如我们在《武王伐纣平话》中所看到的,是求生本能和理智等等在"美声"的诱惑面前失去了作用。

比起道德意识、理智、复仇欲甚至求生本能来,性爱意识似乎是人性中一种更为原始、更为有力的东西,小说家们想要告诉我们的,也许就是这一点吧?但是,人们又不能也不愿完全受它的控制,正如在上述小说中所表现的那样。于是控制与摆脱控制的冲突,便也成了人生困境的一个原因。

这段姻缘,还落在他家手里

在《水浒传》里,潘金莲是在武松设计宴请四家邻居时被当众杀死的。武松告状不准,带着几个土兵来到家里。"那妇人已知告状不准,放下心,不怕他,大着胆看他怎的。"(第二十六回)根本没有引起警惕,结果丧了性命。在这里,潘金莲可以说是死于她自己的疏忽大意,以及对小叔子复仇狂性格的缺乏了解。在《金瓶梅》里,因为穿插了整个西门庆与众妻妾的故事,所以潘金莲的结局势必也要改写。不过其改写后的结局却意味深长,透露了小说家对于人性的某种认识。

武松听说西门庆已死,潘金莲出了西门家,仍住在王婆那里,早晚还要嫁人,便心生一计,来到王婆那儿,表示要娶潘金莲。换了任何一个稍有头脑的女人,都不会不怀疑武松是否别有用心。比如月娘听说此事后便暗中跌脚:"往后死在他小叔子手里罢了!那汉子杀人不斩眼,岂肯干休!"然而潘金莲的反应却出人意料:

> 那妇人便帘内听见武松言语,要娶他看管迎儿;又见武松在外,出落得长大,身材胖了,比昔时又会说话儿,旧心不改,心下暗道:"这段姻缘,还落在他家手里。"就等不得王婆叫,他自己出来,向武松道了万福,说道:"既是叔叔还要奴家去看管迎儿,招女婿成家,可知好哩。"(第八十七回)

结果就在她搬回武家的当晚,被武松杀死在武大郎的灵前。

对于《金瓶梅》对《水浒传》的这个改动,很多人认为不合情理,因为潘金莲不会这么傻,明知与武松有杀兄之仇,还会答应嫁给他。如夏志清就曾指出:"但我们不能对第三部分太认真;如果她同她早期的性格一致,她就该设法逃开而不会快活地踏进武松为她所设下的陷阱。"①

可是我们看潘金莲的早期性格,无论是在《水浒传》抑是在《金瓶梅》中,都是那种为情欲所控制而丧失理智的性格。尤其是她当初对武松的态度,更能表现出她的这种性格。《金瓶梅》里写道,潘金莲初见武松,心里便寻思道:"一母所生的兄弟,又这般长大,人物壮健,奴若嫁得这个,胡乱也罢了……谁想这段姻缘却在这里。"(第一回)其后百般勾引武松不成,反碰了一鼻子灰,照说她应该有所觉悟才是,可是当武松出差之前来向哥嫂告别时,潘金莲马上便忘了过去的自讨没趣,重又心思活络起来:"那妇人余情不断,见武松把将酒食来,心中自思:'莫不这厮思想我了? 不然,却又回来? 那厮一定强我不过。我且慢慢问他。'妇人便上楼去,重匀粉面,再挽云鬟,换了些颜色衣服穿了,来到门前迎接武松。"(第二回)在这些描写中我们所看到的,正是一个为情欲所控制的女人。

① 夏志清《金瓶梅新论》(何欣译),载徐朔方编选校阅《金瓶梅西方论文集》(沈亨寿等译),第157页。

在情欲的控制下,她的理智已不甚管用,她的自尊也早已被忘却。她当初对武松的这种态度,使我们很容易相信她最后仍受武松之骗,死在武松手里的必然性。是情欲使她昏了头,使她先是对小叔子有了非分之想,又轻易地忘掉了曾遭峻拒的羞辱,最后又忘掉了切身的危险,终于付出了生命的代价,完成了她那生于情欲而又死于情欲的一生。小说家在一首哀悼她的诗中,便略带调侃地表达了对她死因的看法:"谁知武二持刀杀,只道西门绑腿顽。"所以我们同意孙述宇的分析:"潘金莲也要死的,而且作者还依着《水浒》,让武松来杀她;但她之所以落入武松手里,一方面固然是命运的捉弄,另一方面也是由于她的情欲最后还是胜过了她的机智。这样的结局比原来的深刻得太多了。"①

对于《金瓶梅》对《水浒传》的这一改动,人们自可以见仁见智;但对我们来说重要的是,这一改动反映了小说家对于人性的洞察,也就是对于人们的情欲容易胜过他们的理智这一点的洞察。我们知道,小说家对《水浒传》的另外一处重要改动,也正是让西门庆死在潘金莲的身上,而不是死在武松的刀下。这说明在小说家的心目中,对于人类的情欲的深度有着一种强烈的印象,同时也有着一种想要一测其深度的强烈的好奇。大概正是出于这一原因,小说家才让西门庆与潘金莲都死于

---

① 孙述宇《金瓶梅的艺术》,载宁宗一、鲁德才编《论中国古典小说的艺术——台湾香港论著选辑》,第162页。

自己的情欲吧？

人类的理智原本逃不开情感等等的束缚,这就是所谓的"人性的枷锁"。情欲的力量之强大,足以使受它控制的人们暂时忘却死亡的危险。也许正因为看到了这一点,所以在中国古代小说家们的心目中,情欲总是与死亡有着天然的联系。他们总是认为,当一个人耽于情欲的时候,他也就离开死亡不远了。情欲与死亡的联系是各种各样的,"奸近杀"是一种,"淘虚了身子"又是一种,像潘金莲那样忘了仇恨而与仇人结合则又是一种。无论是哪一种情况,人们受情欲的控制而失去了理智,则大体上是一致无二的。显而易见,在关于潘金莲结局的上述改动中,正蕴含着小说家对于人性的这一看法。不论我们是否同意小说家的这种看法,我们已对他的表现方式产生了强烈的印象。

不过话又要说回来,潘金莲固然是让情欲战胜了理智,但她的想法却也并非全无道理。她的失败在很大程度上,只是因为其对手是武松这样一个特定的人物。武松的复仇狂性格,使得潘金莲注定不能达到目的;但是假如换了一个男人,则也许结果会完全不同。

这使我们想起了《水浒传》里王英的情形。王英的妻子扈三娘,原是梁山泊的俘虏,被李逵杀了全家,宋江把她赏了王英。王英本是一个"色胆能拼不顾身"的好色之徒,更贪图扈三娘是"天然美貌海棠花",这使他在成亲时根本没有想过,也许扈三娘会先拿他开刀,以报与梁山好汉的灭家之仇,而王英原本也早经证明不是她的对手。然而最终他却没有遇到任何危险,在与仇人结合的赌博中一掷获胜。

因此我们又有什么理由怀疑,换了一个心性与武松稍稍不同的男人,潘金莲就一定不能顺遂所愿,用情欲之雨浇灭复仇之焰呢?这些都是题外的话,但我们只是想借此说明,类似潘金莲这种情欲战胜理智的情况,其实并不一定必然导致死亡的后果。这从另一个侧面反映了人性的复杂,人生的多相。

孤孀不是好守的

毛姆很推崇拉法叶夫人的《克利佛王妃》,他认为这部17世纪的小说具有无比的现代性。小说的女主角是一个富于道德意识的贵妇,她爱上了一个邂逅相遇的公爵。然而她并不想败坏自己的名誉,为了抵御那已使她心烦意乱的恋情,她向丈夫坦白了自己的秘密,希望丈夫能帮助她战胜这一诱惑。她的丈夫原本是一个天性善良的好人,并对她的忠贞从不怀疑,但是当她把自己的秘密告诉了他以后,他却因嫉妒而变得多疑易怒,由于心理的苦恼而逐渐堕落。毛姆认为:"这是一个动人心弦的故事,书中的相关人物都意欲遵从自身的责任感行事,但最后却被他们无能控制的因素所击败。"他认为此小说给人的教训是:"任何人都不应要求他人做出其能力所不及的事。"尤其是因为"爱情是不管法律的,在任何可能的情况下,责任感都会向个人心之所好屈服"①。小说中贵妇人的错误,在于她过于相信自己及丈夫的道德勇气,而低估了自己及丈夫的脆弱的人性,以致硬要丈夫做出超出其能力的事,也就是在明知道自己太太的感情已红杏出墙之时,还仍能一如既往地保持心平气和的心境。

在中国古代的小说里,我们也能看到不少类似的故事,故事的主人公往往过于相信自己的道德勇气,过于低估情欲等等的力量,对自己提出了超出能力的要求,最后却被自己所忽视的力量所击败,不得不为此付出沉重的代价。

《况太守断死孩儿》(《警世通言》第三十五卷)中的邵氏,便是这样一个"意欲遵从自身的责任感行事,但最后却被他们无能控制的因素所击败"的悲剧性人物。邵氏与丈夫甚相爱重,不料丈夫得病身亡。邵氏悲痛之余,立志守寡,终身永无他适。其时她还年轻,且未生育,所以父母叔公都劝她早日改嫁。但是邵氏却凭着对于亡夫的一片深情:"心如铁石,全不转移,设誓道:'我亡夫在九泉之下,邵氏若事二姓,更二夫,不是刀下亡,便是绳上死!'"众人见她主意坚执,也就不敢再去强她。她果然说到做到,守了整整十年的寡。不料善始难终,后来在一个破落户的设计下,失身于家里的一个小厮。"十年清白已成虚,一夕垢污难再说。"最终弄得不可收拾,自杀身亡,应了早先发的毒

① 毛姆《书与你》(阙名译),广州,花城出版社,1981年版,第46页。

誓。邵氏对亡夫的感情是真诚的,其为人也是非常"清正"的,可是她却低估了情欲的力量,过于相信自己的道德勇气,以致对自己提出了超出能力的要求,结果被自己所不能控制的因素(在这里也就是情欲)所击败。

相比之下,倒是故事里的其他人物,对人性的认识更深刻一些。她的父母叔公因其年轻无子而竭力劝她改嫁,正是因为作为过来人,他们深知情欲的力量之强大。那个破落户之所以相信能使她中计,是因为了解她"孀居已久,想必风情亦动,倘得个汉子同眠同睡,可不喜欢?从来寡妇都牵挂着男子,只是难得相会"的隐秘心理。——顺便说一句,正如在其他场合千百次地被证明过的那样,往往越是那些被正人君子所瞧不起的下层人物,比起那些自恃道德高尚的正人君子来,反而更能洞达人性的奥秘(我们在奥斯丁的小说中经常可以看到这方面的有趣例子)。这大概是因为他们往往遵从本能的欲望行事,而不太受到道德信念的幻觉的欺骗。小说家显然也不站在邵氏一边:"自古云:'呷得三斗醋,做得孤孀妇。'孤孀不是好守的。替邵氏从长计较,到不如明明改个丈夫,虽做不得上等之人,还不失为中等,不到得后来出丑。"也显示了对于情欲的力量的洞察。相比之下,倒是邵氏自己最不懂得这一道理,从而也就最不了解自己的情况。

这样的事情并不仅仅发生在女人身上。《月明和尚度柳翠》(《古今小说》第二十九卷)里的玉通禅师,也因为过于相信自己的道行,忘了自己尚是肉质凡胎,而竟然答应了红莲"热肚皮贴冷肚皮"的要求,以致堕入了柳府尹设下的陷阱之中。

这两个故事被小说家们看作是"一对儿",因为它们具有"相信自己的道德勇气和意志力量的好人最终败在不能控制的情欲手里"的共同主题。小说家们试图藉着这样的故事,向我们揭示人性的脆弱的本质:人总是希望按照自己的意愿行事,但是最终却不得不受到不能控制的因素的制约。因此之故,人们不一定能够成为他们想要成为的那样一种人,也不一定是他们自己所认为是的那样一种人。

在这样的情况下,人们所能采取的最为明智的办法,不是盲目地相信意志的力量和道德的勇气,而是如实地承认人性的枷锁的存在,从而不对自己或他人提出能力所不及的要求。尤其是在涉及情欲之类本能力量的场合,更是应该注意这一点。这大概也就是小说家们想要揭示并且告诉我们的人生的智慧和教训之一吧?

人生一世,草生一秋

《围城》里的董斜川,对苏小姐"一拉手后,正眼不瞧她",这是因为"他承受老派名士对女人的态度:或者谑浪玩弄,这是对妓女的风流;或者眼观鼻,鼻观心,不敢平视,这是对朋友内眷的礼貌"。这段描写之所以常常使我们忍俊不禁,除了因为它活灵活现地表现了董斜川这位夫子的迂阔之外,还是因为我们知道他的态度只是出于道德观念的要求的产物,而人的本能的实际却并非如此,因而在其态度与人的本能的实际之间,便形成了某种戏剧性的反讽。

《卖油郎独占花魁》(《醒世恒言》第三卷)里的卖油郎,一见花魁娘子后,心里便寻思道:"人生一世,草生一秋。若得这等美人搂抱了睡一夜,死也甘心。"他果然说到做到,后来历尽难关,终于如愿以偿。尽管妓女制度早已遭到否定,但他的这种心理活动却仍能博得现代读者的赞赏,因为人们认为他懂得"爱情",并能积极主动地去赢得"爱情"。或许正因为卖油郎这种心理活动的对象只是妓女,所以人们才能容忍甚至肯定它的存在吧?

但是这种心理活动只要存在,便不会仅仅以妓女为对象,因为社会地位仅是人为的划分,人的本能原本是不管那一套的。于是,当与卖油郎同样的心理活动,针对另外一些对象(诸如别人的内眷)产生时,虽然颇使我们大吃一惊,但其实却也是题中应有之义。

《蒋兴哥重会珍珠衫》(《古今小说》第一卷)里的陈商见了三巧儿,肚里便想道:"家中妻子,虽是有些颜色,怎比得妇人一半?……若得谋他一宿,就消花这些本钱,也不枉为人在世。"《侯官县烈女歼仇》(《石点头》第十二卷)里的方六一见了申屠娘子:"偷眼觑看,果然天姿国色。暗想便拼用几万两银子,与他同睡一宿,就死也甘心。"《金瓶梅》里的西门庆一见潘金莲,到家便寻思道:"好一个雌儿,怎能勾得手?"(第二回)

他们在这么寻思的时候,都不是不知道对方是别人的内眷,但是他们不仅像卖油郎这么毫无顾忌地想了,而且几乎都立刻毫不犹豫地将愿望付诸行动了。陈商花钱买通了一个媒婆,经过半年多的惨淡经营,花了不下几千两银子,终于把三巧儿骗上了手;方六一设计让强盗诬扳申屠娘子的丈夫,自己在申屠娘子面前假充好人,终于达到害其夫而娶之的目的(尽管后来被申屠娘子识破机关,落了个全家被杀的结局);西门庆后来与潘金莲通奸,让潘金莲毒死了武大郎,则是众所周知的故事了。

在这些小说中,那些"色胆包天"的男人,当他们"见色起意"的时候,根本不顾什么伦理道德,也丝毫没有什么良心发现,他们只是按照自己的愿望行动,听凭于自己本能的支配。尽管小说家反复替他们算计利害关系:"我不淫人妇,人不淫我妻。""假如你有娇妻爱妾,别人调戏上了,你心下如何?"(《蒋兴哥重会珍珠衫》)并且设计种种因果报应来吓唬他们,但他们对之却根本不予理睬,不达目的誓不罢休,表现出了赤裸裸的利己主义精神。"生心设计,败俗伤风,只图自己一时欢乐,却不顾他人的百年恩义。"(同上)

在那些男人的心理活动与卖油郎的心理活动之间,其实只有道德意义方面的区别,而其内在精神则是相通的。由于卖油郎心理活动的对象是妓女,所以人们认为是可以容忍的;由于其他男人心理活动的对象是别人的内眷,所以人们认为是不可原谅的。这种不同的评价标准,其实同样是出于道德观念的要求,而不是出于人的本能的要求。

董斜川对女人的双重态度,便也正是这同一原因的产物。

　　但是,上述这些小说却向我们表明,人们实际的心理活动,却往往只遵从本能的要求,而非道德观念的要求。因而董斜川对女人的双重态度,便也具有了某种反讽色彩;进而我们对于卖油郎与其他男人的行为的不同评价标准,便也带上了同样的反讽色彩。

　　我们无意于赞同那些男人的行为,也不是要抹杀他们的行为与卖油郎的行为之间的区别。我们只是想要说明,人的本能的实际,并不像我们的道德观念所要求的那样,也不像董斜川的双重态度所显示的那样,而是远比我们所想象的要肆无忌惮得多。

　　我们猜想小说家们是知道这一切的,因为所有以上那些男人的心理活动,其实都有着小说家本人隐秘心理的投影,尽管他们表面上的声音常常对其持非难态度。为了深入了解人性,我们有必要穿过道德观念的迷雾,看清人的本能的真相。

作者与读者

滕大尹与陈太守

小说可以写纯粹的好人或坏人,也可以写介乎二者之间的人。前者满足我们的幻想,后者符合我们的经验。从表现人性的角度来说,前者将人性分为好坏两类,然后分别安在不同的人物身上;后者则不对人性分类,只是按照复杂的原样来加以表现。前者可以说是理想主义的,后者则可以说是写实主义的。

与我们对于所谓通俗小说的一般观感相反,古代的许多小说,似乎更多地具有写实主义而不是理想主义的倾向。正如刘若愚所指出的:"白话小说中的人物不是单纯被描绘成好或坏,而往往是摆动于这两者之间的……大多数白话小说中的人物并不是极端的善与恶的榜样,而是普通的人,他们可能抵挡不住诱惑,却能够大公无私。"①这表明了古代小说家们对于表现真实的具有人性复杂性的人物的兴趣。

---

① 刘若愚《中国文学艺术精华》(王镇远译),第71~72页。

在《单符郎全州佳偶》(《古今小说》第十七卷)里的陈太守身上,我们可以看到小说家这种兴趣的一个例子。全州司户单飞英意外地发现,本州官妓杨玉原来是他失散多年的未婚妻。于是他请求上司陈太守批准杨玉脱籍,以便能与她重续前缘。陈太守"为人忠厚至诚",对单飞英也十分赏识,所以爽快地答应了他的这一请求。但是就在批准脱籍文牒之前,陈太守却又安排下一桌酒席,只召杨玉一人前来侍候。原来他不能忘情于杨玉的美色,想要趁杨玉尚未脱籍之时,再与她春风一度,否则一旦脱籍之后,杨玉就成了下属的妻子,再也不能碰她了。

> 酒至三巡,食供两套,太守唤杨玉近前,将司户愿续旧婚,及邢祥所告脱籍之事,一一说了。杨玉拜谢道:"妾一身生死荣辱,全赖恩官提拔。"太守道:"汝今日尚在乐籍,明日即为县君,将何以报我之德?"杨玉答道:"恩官拔人于火宅之中,阴德如山,妾惟有日夕吁天,愿恩官子孙富贵而已。"太守叹道:"丽色佳音,不可复得。"不觉前起抱持杨玉,说道:"汝必有以报我。"

只是在同席的通判的指责下,陈太守才收敛了自己的狂态。随后他很爽快地让杨玉与单飞英成婚,并"取出私财十万钱,权佐资奁之费"。

从陈太守的前后表现来看,他都可以说是当时官吏中的一个好人。但是小说家却在此插入了这段关于陈太守狂态的描写,显示出他对于人物的人性复杂性的兴趣。陈太守那不能忘情的风流一念,那乘人之危的自私心理,那从谏如流的宽容脾气,那成人之美的君子心肠,那通情达理的好官作风,都异常融洽地交织在一起,构成了一个丰满的人物形象。

小说家对于具有人性复杂性的人物的兴趣,也表现在《滕大尹鬼断家私》(《古今小说》第十卷)里的滕大尹身上。滕大尹为人"有才有智",又"甚是明白"——用今天的话来说,就是头脑相当清楚,"拎得清"。他上任伊始,便平反了一起沉埋多年的冤案,赢得了当地百姓"贤明"与"神明"的好评。大家都说:"恁般贤明官府,真个难遇! 本县百姓有幸了!"后来有人将一起财产纠纷案告到他那儿,他凭藉自己的聪明才智,把案子断得让两造都服服帖帖。但他的"光辉形象"却有一点美中不足:在断案过程中,他做了一点手脚,将人家遗嘱上答应给断案人的酬谢,从三百两金子改成了一千两金子,从而多吞没了人家七百两金子。

小说里贪财的官吏有的是,但是像滕大尹这样的官吏,既能替人解决悬案,又不免保留自己的一点私心,既是一个贤明的好官,又不免受惑于金钱的魅力,则有点特别的妙趣。对于滕大尹以装神弄鬼的手段骗取金子,小说家是以一种轻喜剧式的嘲讽笔调来表现的。我们读者也像小说家一样,对滕大尹这个好官身上人性的弱点,以及他那种装神弄鬼的机智,感到既可恨又可爱。显而易见,在滕大尹这个人物身上,小说家倾注了他对于人性复杂性的认识。

　　倘与《龙图公案》里的"扯画轴"故事作一比较,则这一点就可以看得更加清楚了。《龙图公案》里的"扯画轴"故事,也具有与《滕大尹鬼断家私》类似的内容,只不过其中断案的官吏,是包公而不是滕大尹。包公是一个彻底的清官,在他身上只有人性的优点,而无人性的弱点。所以尽管遗书中令人羡慕地写着"后有廉明官看此画,猜出此书,命善述将金一千两酬谢"的条款,但是包公却派头很大地把它全部送给了别人:"可与梅夫人作养老之资!"而这个数目却是滕大尹费尽心机才弄到手的! 显而易见,《龙图公案》的作者与《滕大尹鬼断家私》的作者,对于人性的兴趣完全不同。从我们现代人的立场上来看,倒是更愿相信滕大尹这类形象的真实性的。

　　也许正是从现代人的立场出发,驹田信二在比较了《滕大尹鬼断家私》和菊池宽的小说《超越恩仇的世界》以后,对前者给予了更高的评价:"在日本人那里,主人公是彻底地廉洁、正直的,如果不把这些美德坚持到底,就不受人们的欢迎。与此相反,中国人不是要整个地打消人类的欲望,而是承认它的合理性,承认存在着与漂亮话相反的内情。正因为这样,所以反而使人得到一种安定感。"①

　　当然,在中国小说里,彻底地廉洁正直,并且把这些美德坚持到底的主人公,也是大量存在的(而且恐怕在世界各国的小说里也都是存在的);不过像滕大尹那样的具有

----

① 参见古田敬一《〈文心雕龙〉中的对偶理论》(邵毅平译),载《中华文史论丛》1985 年第二辑,第 65 页。

人性复杂性的主人公的存在,却毕竟显示了小说家们在洞达人性方面所表现出来的智慧,也可以说是这类小说具有永久魅力的原因之一。

为什么人们总是喜欢坏蛋呢

梅里美曾经提出过一个疑问:"为什么人们总是喜欢坏蛋呢? 从《圣经》上的浪子开始,一直到你的那条名叫金刚钻的狗,总是越不值得人爱就越是惹人爱?"(《阿尔赛内·吉约》)这个问题我们同样也可以对小说家和读者提出来。因为我们在小说中几乎总是看到,小说家们比起"善"来,似乎总是更擅长表现"恶";比起那些少有的"善人"来,那些常见的"恶人",也更让读者难忘甚至喜欢。

"善人"似乎是小说家最难置笔的人物类型,尽管在他们身上小说家也许最花力气。小说家所竭力塑造的"善人",往往总给人以不真实的感觉;而那些小说家自己也反对的"恶人",却往往总给人以栩栩如生的印象。

在西门庆的众多妻妾中,唯一一个"善人"是吴月娘,她具备种种传统道德所要求的德行,与其他耽于淫欲的妻妾形成了鲜明的对照。但是对于读者们来说,比起其他妻妾来,吴月娘也许更不讨人喜欢,或至少是更不能留下什么印象。甚至可以这么说,在这部小说中,越是"恶"的人物,往往越是鲜明生动;越是"善"的人物,往往越是枯燥乏味。对比一下位于两极的潘金莲与吴月娘,便可以明白这一点了。

　　不仅《金瓶梅》是如此，比如在《醒世姻缘传》中，比起那些或多或少具有变态心理的妇女来，一味遵从传统道德的唯一"善人"晁夫人的形象，也更难以激起读者的兴趣与同情。

　　读者的倾向性自然来源于小说家的倾向性。寺村政男指出："假如说作者敢于写的话，那他笔下的恶人是被描写得栩栩如生，而在描写唯一的善人吴月娘时笔势看来是减弱了。这是为什么呢？这也可能是作者心目中对于恶或多或少有所肯定。"①如果小说家心目中对"恶"或多或少有所肯定的话，那么读者自然也就容易对"恶"留下更为生动的印象。

　　然而，除了小说家对"恶"或多或少有所肯定之外，恐怕还是因为"恶"往往总是更接近人性的本来面目，而"善"则往往总是更远离人性的本来面目，因而对人性充满兴趣的小说家们，总是能够轻而易举地把"恶人"写得栩栩如生，却不容易把"善人"写得同样生动。同时，也正是基于同样的原因，读者也更容易理解那些更接近人性本来面目的"恶人"，因为我们原本就是那样的人；而不容易接受那些更远离人性本来面目的"善人"，因为我们原本就不是那样的人——只是我们想要成为那样的人，或者装作已经是那样的人。

　　因此，尽管也许说得过于尖刻了一点，但狄德罗的下

---

① 寺村政男《〈金瓶梅〉从词话本到改订本的转变》，载黄霖、王国安编译《日本研究〈金瓶梅〉论文集》，济南，齐鲁书社，1989年版，第238页。

面这段话,我们感到还是相当有道理的:"比起讨厌的德行来,恶习和他们琐屑的个人要求是更一致的,因为德行会从早到晚地向他们唠叨,给他们为难……人们歌颂德行,但人们却憎恨它,躲避它,它是冷冰冰的,而在这世界上人们必须使自己安乐舒适。并且,这样就必然会使我们脾气变坏。你晓得为什么我们看见虔诚的人这样冷酷,这样可厌和这样地难以亲近吗? 因为它们勉强要实行一件违反天性的事……德行令人肃然起敬,而尊敬是不愉快的。德行令人钦佩,而钦佩是无乐趣的。"(《拉摩的侄儿》)这大概足以解释我们在本文开头所提出的问题。

毛姆曾谈到,小说家在创作恶棍时,也许是在满足他内心深处的一种天性。在文明社会中,风俗礼仪迫使这种天性隐藏到潜意识的最深处。给予他虚构的人物以生命,也就是使他那一部分无法表露的自我有了生命,他得到的满足是一种自由解放的快感(《月亮和六便士》)。我们想,对读者来说情况恐怕也是如此。

困惑于本能与道德的张力之间

人性总不免在本能与道德之间徘徊,因为人既不能完全摆脱本能的控制,为了协调人际关系又少不了道德的约束,因而人们便始终只能在二者的张力中生活。作为人的小说家,当然也回避不了本能与道德的张力。尤其是当他们在小说中处理这类问题的时候,他们更是常常典型地表现出了人们对此的矛盾态度。

在中国古代的小说中,我们常常能够看见不少性爱或猥亵的描写;与此同时,我们也常常能够听到不少相似的声明,在这些声明中,小说家们宣称,他们之所以作性爱或猥亵的描写,乃是为了维护道德的尊严。这类声明既出现在那些即使在今天看来也是非常严肃的小说中,也出现在那些即使在今天看来也是非常猥亵的小说中,以至于我们难以在它们之间作出一个大致的区别,以判定哪一个声明是真诚的,哪一个声明是虚假的。也许更方便的做法是,我们还不如把它们统统看作是同一种心理,即想要在本能与道德的张力之间保持平衡的心理的表现更合适一些。

不少学者都注意到了小说家们的这种矛盾的态度。刘若愚指出,《蒋兴哥重会珍珠衫》的作者,"对于两性关系的态度是有些首鼠两端的:一方面,他似乎同情情人们,深知满足生理欲望的需要;另一方面,他提倡传统的道德,指责婚外的恋爱"。同时,"这种首鼠两端的态度也可以在其他小说中见到,有些作品似乎有意博取淫欲的乐趣,却冠冕堂皇地说仅仅是意在劝戒。无论怎么说,不管作者的意图是宣扬色情还是劝戒,这样的事实是不可否认的:白话小说更多地写了情欲与爱情,它们往往还赤裸裸地写了性行为"[①]。夏志清也指出,《金瓶梅》的作者,"表面看来他是个严峻的道德家,他抓住每个机会斥责奸淫与败德,但他

---

① 刘若愚《中国文学艺术精华》(王镇远译),第 64 页。

费很大力气描写做爱活动的事实使我们感到他的道德上非难的态度是当不得真的"①。看来这绝不是一种个别的现象,而更像是小说家之间心照不宣、配合默契的攻守同盟。

我们倾向于认为,不少小说家的确想要表现人性的本能侧面(这种愿望其实完全没有什么不对头的地方)。但是一俟他们真的这么做的时候,他们就感到了来自内心与环境的双重压力,于是不得不为自己的表现欲望寻找冠冕堂皇的道德理由,尽管其道德理由与实际描写之间有时显得那么的自相矛盾或不着边际。当天平的一头变得重起来的时候,为了保持两边的平衡,人们必须让那一头也变得重一些才行。这正是处于本能与道德的张力之间的小说家们的一般做法。

这种矛盾态度并不限于小说家们才有,在其他种类的文学家身上其实也曾一再出现。比如汉代文人喜欢写铺张扬厉的大赋,因为这种大赋可以满足他们那卖弄博学的愿望。但是这却与功利主义的文学观念发生了矛盾,因为在功利主义文学观念看来,这种大赋显然没有什么道德意义和实用价值。于是为了堵住功利主义文学观念的嘴巴,大赋的作者们便在赋的末尾添上一段讽谏的尾巴,以表示他们的铺张描写并不是毫无道德意义的。可是有些功利主义文论家们目光锐利,一眼就看穿了他们的把戏不过是

① 夏志清《〈金瓶梅〉新论》(何欣译),载徐朔方编选校阅《金瓶梅西方论文集》(沈亨寿等译),第155页。

"劝百讽一"、"曲终奏雅",也就是打着道德的幌子挂羊头卖狗肉而已。所谓的"劝百讽一"、"曲终奏雅",其实也正是后来的小说家们惯用的伎俩。

这种一面想要表现人生的"禁区",一面又披上道德的外衣的作法,也并不只是中国古代小说家们的专利,或许也是东西市民小说的一个共同特色。比如《坎特伯雷故事集》中的《磨坊主的故事》的开场白,便是这方面的一个典型的例子。磨坊主想要讲一个在当时定会被认为是猥亵的故事,为了免受人们的指责,他先发表了一个声明:"我喝醉了;听我的嗓子,我知道醉了。所以我如果说些不该说的话,只怪萨得克的酒。"而小说家在讲述这个故事以前,也预先郑重其事地声明道:

> 我愿每位高尚的人,为了上帝的爱,不要认为我有什么坏意,无非我不得不把他们的故事好的、坏的,都依样讲出来,否则对不起事实。因此谁若不愿听,尽可翻过一页,另择一个故事;有的是古来大小不同的事,高尚的作为,或是道德信仰的文章。你若选择错了,不是我的错。磨坊主本是一个粗汉,你是知道的,管家也是一样,也还不止他两个,而他们两人确是讲了一些肮脏话。请你想一下,莫错怪了我。人们也不可把玩耍的事当真。

尽管磨坊主和小说家把这类故事称之为"不该说的"、"坏的"、"肮脏的"、"玩耍的"故事,而与另一类"该说的"、"好的"、"高尚的"、"道德信仰的"故事相对立,但是其实他们还是喜欢讲这类故事的,否则他们就不会堂而皇之地讲它们了。然而为了逃避教会与社会的指责,他们却又讲了这些推诿责任的话。尽管其推诿责任的方式与中国小说家颇有不同,但他们那想要在张力间保持平衡的精神却还是相通的。说起来,即使是后来的英国现代小说家劳伦斯,在表现性爱主题时说了那么多愤世嫉俗的话,其中也许也不无想要使自己的表现获得道德理由的隐秘企图。

既然徘徊于本能与道德之间是人性的一种基本困境,则我们有理由认为,小说家们的那种矛盾态度,其实也只不过是人性的这种基本困境的一种反映。因此,比起一味地指责他们来,我们宁可从反映了人性的基本困境的角度,去看待和理解小说家那种或高明或拙劣的自我辩护,以及这种自我辩护与其实际描写之间的自相矛盾。夏志清指出:"在中国,如在世界其他各地,小说家只得把文明人进退两难的窘境记载下来:他一面要纵容自己的七情六欲,一面想建立一个比较合理的社会秩序。"①这或许就是全部问题的症结之所在吧?

善恶分明的小说的人性基础

中国古代小说中的一些成熟之作,比如像《金瓶梅》、《红楼梦》和《儒林外史》等,它们的兴趣始终在于复杂人性的刻画上,所以并不着意将人物分成好人或坏人。这一类

---

① 夏志清《中国古典小说导论》(何欣译),载刘世德编《中国古代小说研究——台湾香港论文选辑》,第 29 页。

着眼于刻画复杂人性的小说,容易博得那些头脑复杂的读者的喜爱,却不易于征服广大的普通读者。

但是另一类小说,比如像《三国演义》和《水浒传》,它们更为关注的却是人性的"善""恶"问题,而不是复杂的人性本身。所以在这类小说中,人物大都被明确地分成"好人"与"坏人"。比起前一类小说来,这一类小说往往更受广大普通读者的欢迎,尽管不容易取悦那些头脑复杂的读者。

如果摆脱小说具体评价的狭窄眼界,而从人性的角度来观察这两种小说的区别,则我们可以发现,这两种小说分别满足了人们两种不同的需要:一种是追求真实的需要,一种是追求价值的需要。前一类小说满足的主要是前一种需要,后一类小说满足的主要是后一种需要。在头脑复杂的读者身上,前一种需要更为强烈一些(但这绝不是说他们没有后一种需要);而在广大的普通读者身上,后一种需要更为强烈一些(当然也不是说他们没有前一种需要)。

人们对于生活,不仅想要知道什么是真实的(科学的兴趣主要由此发生),还想要知道什么是有价值的(宗教的兴趣主要由此发生)。对于人性也是如此,不仅想知道人性的真相,也想对人性作出褒贬。上面所说的两种小说的区别,大概正是这两种不同的要求的产物。

像《三国演义》这样的小说,尊刘抑曹,把刘备写成好人,把曹操写成坏人,稍有历史常识的读者,都知道这是历

史的歪曲,或至少是艺术的虚构。但尽管这样,人们却还
是能从这种轩轾中得到很大的满足,而且得到满足的还不
仅是那些胸无点墨的里中小儿,还包括那些满腹经纶的文
人学者。这正是因为除了真实以外,人们还有追求价值的
需要。正如刘若愚所指出的:"这种对历史的歪曲在艺术
上却是无可非议的,因为正义力量的代表应当作尽善尽美
的人物来看待。如果作者对三个国家的统治者平等看待,
那么他们之间的斗争就显得毫无意义了。"[①]他的话正指出
了追求价值的需要在人们的阅读活动中的重要意义。

不过相反的倾向也是完全可能成立的。如果小说家
们对三个国家的统治者平等看待,那么他也许可以写出一
部表现历史的真相的小说。但那将是类似于《金瓶梅》那
样的小说(《金瓶梅》中众妻妾之间的斗争毫无是非可言,
但是同样能够引起许多读者的浓厚兴趣),满足的将是人
们追求真实的需要,其效果与现在的样子当然不会完全一
样。

在有些小说家身上,追求真实的需要有时会超过追求
价值的需要,于是在写作的过程中,他们常会不知不觉地
违背初衷,本想写后一类小说,结果却写成了前一类小说。
比如像《金瓶梅》的作者,从《金瓶梅》开头的那些话来看,
原来也许并非不想把西门庆和潘金莲写成完全的恶人。
但是他写着写着,便越来越受人物身上人性复杂性的吸

---

① 刘若愚《中国文学艺术精华》(王镇远译),第76页。

引,结果写出的是难以用简单的善恶标准来衡量的复杂人物。正如托尔斯泰起初想把安娜·卡列尼娜写成一个道德堕落的女人,但结果写出的却是一个令人同情的具有人性复杂性的女人一样。

当然,相反的现象也大量存在。有些小说家开始想写具有人性复杂性的人物,但由于阅历、才能或悟性方面的种种限制,或者由于迎合传统和读者的愿望过于强烈,结果最终写出的却是一些痛快的善恶分明的故事。

但是,即使是人性越来越趋于复杂,追求真实的需要越来越趋于强烈的时候,追求价值的需要也将是永远存在的。所以对于那些将人物明确分成好人与坏人的小说,对于那些痛快的善恶分明的小说,也就是对于那些体现了人们的价值观的小说,人们仍然会抱有浓厚的兴趣。问题只在于其故事与人物本身是否能言之有趣而已。

代结语

　　人们有限的活动是一种悲剧。但是我们往往相信,小说却是照亮这种悲剧的一盏明灯,因为它把其他式样的人生带到我们面前,把人性的种种表现展现在我们面前,使我们能够超越我们有限的活动的限制,对人生与人性获得更为广泛而深刻的了解。我们大体上相信,无论是中国小说还是外国小说,是现代小说还是古典小说,一般来说都能起到这样的作用。

　　然而我们越是对于生活静观默察,我们越是大量地阅读小说,我们便越是能够发现,没有什么固定不变的原则或信条,可以用来指导我们的生活,使之只是走向完满而不是失败。"世上有多少个人,就有多少条生活的道路。"(索尔仁尼琴《癌病房》)生活具有无限的可能性,可我们却只能走出一条轨迹。"如果你朝西走,你就失去了东、南、北面;如果你承认一种协调,你就失去了所有其他乱无秩序的可能性。"(劳伦斯《恋爱中的女人》)我们过了这种生活,便无法过那种生活;走了这条路,便无法走那条路。因为生活本身并没有什么先验的绝对的目标,因而有时甚至不同的生活道路之间都无从比较。

舍伍德·安德森的《小城畸人》中有一则故事,讲某人的朋友想要结婚,于是来征求他的意见。他作为一个过来人,想要对他的朋友说说结婚的缺点,可是没好意思说出口。当他的朋友离开以后,他又拼命地追赶他的朋友,因为他还是想要劝告他的朋友不要结婚。但是他的朋友已经决定结婚了,于是他想道:"这样也好。无论我告诉他什么话,都会是谎言。"(《没有说出口的谎言》)显而易见,这个家伙其实并不知道怎么办才好,因为每一种生活方式都有其固有的局限性。这个故事象征性地说明了生活的无穷无尽的可能性,没有什么固定的原则和信条可以完全说明整个的生活。

吉川幸次郎认为,早在《史记》中便存在着这种想法:"《史记》也是对文学之形成所必须的那种怀疑的提出者。那是这样的怀疑:推翻以前的各种哲学的乐观(它们认为人类依靠某种思想体系就能得到幸福),以为无论依靠什么思想体系都不能完成对于人生的说明。"[①]所谓思想体系,在这里也就意味着人生观。无论我们采取什么样的人生观,人生的实际总是大于人生观,总是会留下它们无法涵盖的空白。在《诗歌:智慧的水珠》一书中,我们曾经指出过中国诗人的人生困惑,他们向四面八方寻找着解脱之道,结果却发觉没有什么方法可以使人获得完全的解脱。然而这种困惑却是文学的形成所必需的前提,怪不得文学

---

① 吉川幸次郎《中国文学史一瞥》(章培恒译),载《中国诗史》(章培恒等译),合肥,安徽文艺出版社,1986年版,第8页。

常被人说成是苦闷的艺术。

我们看到，许多富于悟性的小说家也具有同样的想法，他们喜欢把人生作为无法完全说明的事实来加以表现。刘若愚指出，《红楼梦》中便存在着这样的想法："另一些矛盾也在小说中表现出来：感情与理智，个性解放与循规蹈矩，天真与世故。作者指出不管你在两者之中选择哪一个，都不能使得你快乐或智慧。黛玉完全由自己的感情所支配，但她的含恨而死在某种程度上是由她自己的行为所致；而宝钗一直遵循理智，其结局也未必好多少。宝玉声称个性解放，与传统的道德观念背道而驰，常常遭到指责；但他的父亲和其他的亲戚恪守传统观念却也与他同样遭受不幸，事实上比他有过之而无不及，因为他们缺乏他那种精神上的彻悟和超脱的能力。至于天真与世故的矛盾，可以由宝玉及其表姐妹们在富有象征意义的大观园中无忧无虑的生活与当他们长大成人之后不得不离开大观园去接受各自不幸的命运之间的强烈对照而表现出来。"[①]这也反映了我们在现实生活中的困惑，无论我们采取什么样的生活方式，我们都无法获得完满无憾的人生。

我们为了超脱有限的活动的悲剧，而去向小说寻求救助，但是我们寻求的结果，却发现小说所能告诉我们的，恰恰是人生只能是有限的活动这样一种事实。我们听从了这一小说家的意见，便无法听从那一小说家的意见；我们

---

① 刘若愚《中国文学艺术精华》（王镇远译），第86～87页。

接受了这一主人公的生活信念,便无法接受那一主人公的生活信念;我们试图避免这一种人性的弱点,却又带上了另一种人性的弱点;我们想要使自己不断趋于完善,却发现同时又有新的毛病出现;我们每作出一种新的选择,就必须同时作出一种新的放弃……鱼与熊掌不可得兼,"腰缠十万贯,骑鹤上扬州"的美梦也实在难圆。于是我们只能过有限的生活,做有限的事情,度有限的人生,有有限的思想。没有什么东西能够完成对于人生的说明,小说所能告诉我们的,恰恰是这么一条令人悲观的结论。

然而正是这条令人悲观的结论,却是小说的根本智慧之所在。这是一种不是智慧的智慧,超越智慧的智慧。正是基于这种认识,我们这本旨在探求古典小说洞达人性的智慧的小书,却想以如下一段否定书本里存在着智慧的话作结;为了不做我们所喜欢的古典小说的俘虏,也许我们愿意一听这个不太入耳的劝告:

> 读书不能增添智慧,你尽管去读,不过自己心里要记住,智慧不在其中。智慧在哪里?生活。你要相信自己的眼睛,可不要相信耳朵。(索尔仁尼琴《癌病房》)

重版后记

本书自收入顾晓鸣教授主编的《中国的智慧》丛书,由浙江人民出版社于 1992 年初版以来,已经整整过去十六个年头了。在这段时间里,大陆版早已脱销、绝版,只有台湾版还在由多家出版社(大部分未经我授权)常销,且被岛内有些大学的相关课程列为教材或参考书。但大陆的读者也并未忘怀本书,常有读者通过各种方式和渠道,来打听如何可以得到本书,或表达他们对于本书的厚爱。我自己也曾一再动过重版的念头,但都因忙于杂事而耽搁了下来。现承蒙复旦大学出版社贺圣遂社长和宋文涛博士的美意,终于把重版提上了议事日程,使我有机会了却对于读者的一段"债务",自然是让我十分高兴而感激的事情。

乘这次重版的机会,我又核对了一遍引文,改正了若干错字,调整了部分段落的划分。但也仅此而已,于全书的结构、内容、观点等,均一仍其旧。

这次重版,将原有之两种与将撰之两种合在一起,纳入自设的《智慧中国文学》"四季"套书中。原有关于诗歌与小说之两种,分别为"春卷"与"夏卷",先行出版;将撰关于戏曲与散文之两种,分别为"秋卷"与"冬卷",嗣后出版。

全部四种互相配合,形成"体系",庶几能反映我对于中国古典文学四大文体的一孔之见。本书是为"夏卷"。本书大陆版和台湾版均名《洞达人性的智慧》,纳入本套书后,为统一起见,易从今名。

感谢宋文涛博士的精心编辑,使本书文质彬彬,可以取悦关爱本书的读者。

岁月不居,本书初版时我刚过"而立",可重版时却已"知天命",马齿徒增,而学无寸进,唯有叹息而已!

邵毅平

2008 年 4 月 9 日识于复旦大学光华楼

图书在版编目(CIP)数据

小说:洞达人性的智慧/邵毅平著.—上海:复旦大学出版社,2008.4(2022.7重印)
(智慧中国文学·夏卷)
ISBN 978-7-309-05965-6

Ⅰ.小… Ⅱ.邵… Ⅲ.古典小说—文学研究—中国 Ⅳ.I207.41

中国版本图书馆 CIP 数据核字(2008)第 035161 号

小说:洞达人性的智慧
邵毅平 著
责任编辑/宋文涛

复旦大学出版社有限公司出版发行
上海市国权路 579 号 邮编:200433
网址:fupnet@fudanpress.com http://www.fudanpress.com
门市零售:86-21-65102580 团体订购:86-21-65104505
出版部电话:86-21-65642845
上海盛通时代印刷有限公司

开本 890×1240 1/32 印张 7 字数 140 千
2008 年 4 月第一版,2022 年 7 月第二次印刷
印数 4 101—5 200

ISBN 978-7-309-05965-6/I·428
定价:45.00 元